今はまだ「幼馴染の妹」ですけど。2
先輩、ふたりで楽しい思い出つくりましょう!

涼暮 皐

JN172789

MF文庫J

口絵・本文イラスト●あやみ

プロローグ『エピローグのすぐあとに』

「うえっへへへへー」

双原灯火《ふたはらとうか》は上機嫌だった。

人はこれほどまでに浮かれることがあるのだろうかというくらいに、それはもう上機嫌だった。うかれぽんちと言ってもいいだろう。嬉《うれ》しそうにも程があるべきなのだと、僕も生まれて初めて知った気分だ。もはや灯火の表情筋は、軟体動物のそれである。

タコめ、と言って差し上げるのが優しさなのかもしれない。

そんなことを少しだけ考えたが、残念ながら氷点下野郎たる僕に、優しさなんてご期待いただくわけにもいかない。イカがしたものやら、なんてふうに僕も思ってみたりして。

……なんだそれ。僕の思考回路まで、灯火の影響を受けてしまった気がする。

「よくない兆候だよなあ……」

「んっふふー。……あれ、何か言いました、伊織《いおり》くんせんぱい？」

ぽそっと呟《つぶや》いた僕に、灯火が見上げるような視線を寄越《よこ》した。

改めて見ても楽しそうな灯火だ。僕らは単に学校へ登校しているに過ぎないのに。

彼女のリアクションに、だから僕も首を振って応じる。

「いや、別になんでもないよ。僕はいつも通りだ。いつも通りに戻る」

「なんですか、それ？」

「うん。ちょっと灯火《とうか》が移ったみたいだから、今のうちに矯正しておこうかと」

「そうですか……あれ。いや、それわたしにとってなんでもなくないで、なくな、ん？」

なくなくなー？　と首を傾《かし》げている灯火はアホ丸出しだった。

いっそ僕が泣きたくなってきたなー。なんだか灯火のアホの子指数が上がっている。

この子、ここまでアホじゃなかったと思うのだが。というかむしろ意外に頭の回る奴《やつ》だと評価していたまであるのだが……うん、やっぱり様子がおかしいよな。

「おい灯火。さっきも言ったが、そのチョーカー外しておけよ。変だと思われんぞ」

「その変なものを渡してきたのは、伊織《いおり》くんせんぱいじゃないですか」

「いや……いや、まあ、それはそうなんだけど。そういうことじゃなくてだな？」

チョーカーそれ自体というよりも、それをつけてからの灯火が変だって話なのだが。

「嫌ですよ。せっかくせんぱいに贈ってもらったんです。絶対に外しませんよっ！」

灯火は頑として譲らなかった。

首筋にそっと手をやると、僕が贈ったチョーカーにそっと手を這《は》わせ。

「……えへへへ」

やっぱり緩んだ表情で微笑《ほほえ》んでいる。

そりゃ僕としても、ここまで喜んでもらえるなら贈った甲斐《かい》もあるけれど。

勘違いで買ってきたプレゼントなのだ。気に入ってくれたことはありがたいが、いくら僕だってチョーカーだとわかっていたら買っていない。後輩に首輪をつける趣味はない。あって堪《たま》るかという話だ。その辺、灯火はまったく気にしていない様子じゃあるけれど。

それもそれでどうだろう、という気がしてしまう。

「……まあ、いいか。それはそれで」

彼女に願いを捨てさせ、姉よりも自分を選ばせたのはほかでもない、この僕だ。それでお終《しま》いさようなら、と投げ出すのはいくらなんでも無責任というものだろう。この世には取れる責任と取れない責任があるけれど、可能な限りは果たしていきたいと思っている。

僕が隣にいることを、彼女が許してくれている間は——少なくとも。

「にしても灯火、今後もその感じで行く気か？」

「その感じ……ってどういうことです？　また、らしくもなく漠然とした質問ですけど」

ちょっと気になって訊《たず》ねた僕に、質問の意味がわからないと灯火は首を傾げた。

「いやほら、何。その、小悪魔ぶった後輩キャラっていうの？」

「いえ別にキャラではなくわたしはどこに出しても恥ずかしくないウザかわ系後輩ですが」

胸元で腕を×字に組む灯火。どことなく口まで×に見える。

とりあえず、それは絶対に自分から主張する肩書きではないと思う。

「そろそろ恥ずかしくならんの、それ？　人に言われたら嫌なタイプの称号じゃない？」

「いや、それはだから、伊織《いおり》くんせんぱいが変わってるんですって。普通なら大ウケすること間違いなしの属性なんですからね？　わたし、せんぱいの好みが気になりますよ」

「そうなのか……ウケを狙いに来ていたとは気づかなかった」

「いや、そういう意味じゃぬぇー！」

うがー！　と両腕を上げる灯火《とうか》だった。大仰なリアクションも相変わらずだ。

結局、その辺りまで含めて、灯火は灯火だったということなのだろう。

僕はそんな結論を出す。元より、下手くそな演技には素が滲《にじ》みまくっていたのだ。僕に対して演じてみせる理由はなくなったけれど、それで大きく変化することもないらしい。

「でもそう考えると、あれだな」小さく、僕は言う。「いろいろあった結果、学校で浮くぼっちがふたりになっただけって感じがするよな。大山鳴動してぼっち二匹というか」

「あれほど感動的なシーンをそんな台なしな表現で片づけますか、普通？　ぼっちだとか気にするタマじゃないじゃないですか、伊織くんせんぱいは。自分からやってるし！」

そういう灯火も大概だろうが、それは言葉にしなかった。

なんのかんの言っても、僕の評判がほぼ最悪に等しいことは事実なのだ。

温度に上限がないのだとしても、下限は存在する。これ以上は悪くなり得ないレベルで印象値最低の僕だから、あまりいっしょにいるところを見られないほうがいいのだが。

灯火は結局、最後までその辺りを気には留《と》めないようだった。

「あの、伊織くんせんぱい。今度、どこかに遊びに行きませんか？　いっしょに！」

現に灯火は、そんなふうに僕を誘った。

僕は表情を歪《ゆが》めざるを得ない。嫌なわけではなく、いろいろと考えさせられるからだ。

「また露骨に嫌そうな顔しましたね」

じとっとした目を灯火に向けられる。そう思われたのなら申し訳ない。

「ああ、すまん。いや、別に嫌ってわけじゃないんだけどな？」

「わかってますよ」灯火は表情を緩めた。「本当に嫌がってることだったら、せんぱいは逆に表情に出しませんからね。すーぐ感情隠しますもん、伊織くんせんぱいは」

「…………」

「そのノーリアクションは、驚いてるってことでいいんですよね？　ふふ、わたしの伊織くんせんぱい読解力も、そろそろ免許皆伝を頂いていい頃かもしれません！」

確かに、僕は結構驚いていた。

うーむ……一本取られたみたいな気分。

「ほら。わたしとせんぱい、まだちゃんと、なんのしがらみもなく普通に遊んだことないじゃないですか。今度こそちゃんとしたデートしましょうよ。今度こそ、普通に！」

氷点下の男は敵意に強い一方、まっすぐな好意は非常に不得手だ。

というか考えてみれば、僕は灯火《とうか》からの頼みをほぼ断れていない気がする。一応どれも理由あってのことなのだが、なんだろう。僕、もしかして灯火に甘いのだろうか。

「あの、いえ……本当にお嫌なら無理にとは言いませんけど。で、でも、わたしはほら、伊織《いおり》くんせんぱいのために石を捨てたんですから！　その責任は……えと、取ってほしいと言いますか！　その……ダメ、ですか？」

それを言われると弱い。確かに免許は皆伝でいいだろう。

しかも不安そうに言ってくるのだから、もう卑怯《ひきょう》ですらあった。

「……お前、クラスに友達とかいないわけ？　ここんとこずっと僕といるだろ」

だから最終的に、僕は負け惜しみじみた台詞《せりふ》で話題を逸《そ》らすほかなく。

灯火も、そんなことはわかっているのだろう。苦笑しながら、自慢げにこう答えた。

「失礼ですね。せんぱいレベルの嫌われ者といっしょにしないでくださいよ。わたしにも友達くらい、それなりにはいるんですから」

「その発言は僕に対して失礼……でもないか。事実だし」

「いや、納得されるのもなんか悲しい気分ですけど。——あ、ほら。噂《うわさ》をすればです」

灯火が道の正面に視線を向ける。

気づけばもう、学校のすぐ近くにまでやって来ていた。ちらほらと同じ制服姿が周囲に見えており、灯火はそのうちのひとつに向かって大きく声をかけていた。

「おーい！　天ヶ瀬《あまがせ》さーんっ！」

「…………ん？」

その名前に、僕は強く引っかかりを覚える。

だが状況は待ってくれない。名前を呼ばれたことで、少し先にいた少女がこちらに振り返った。並び立つ僕らの姿を認めると、向こうに立つ少女は明るい笑顔を見せる。

「むふん」

灯火は僕に振り返ると、仰ぎ見るようにしながら得意げに鼻を鳴らした。

――ほら、わたしにだってちゃんと友達がいるんですよ？

そんな思惑が完璧に伝わってくる、割とイラっとする表情だった。確かにあの灯火が、天下の往来で大きな声を出せることには驚いた僕だったが、――それよりも。

「どもー。おはようございますっ！」

と、こちらへ駆け寄ってきた少女のほうに、僕は気を取られていた。

僕らの目の前で立ち止まると、わずかに前屈《まえかが》みになって片手を額の傍《そば》に当てる。敬礼に似たポーズのまま、彼女はまっすぐに、その視線を僕へ向けていた。灯火では、なく。

「……、あれ？」

きょとんとした様子で、灯火も僕に視線を寄越《よこ》した。

僕は硬直している。

そんな全ては、しかし等しく認識の外側であるとばかりに――少女は、口を開いた。

「もうっ！　遅いですよ、先輩！　わたし、結構待ったんですから！」


僕、は。


「ああ……そうか、すまん。待たせて悪かった」

僕は言った。

「へ？」

灯火《とうか》が目を見開き、

「なーんて。冗談ですよ、別に約束とかしてませんし。でも会えてよかったです」

彼女も言う。

「いや、約束してないなら知らないだろ。なんで謝らせたんだよ」

「いえいえ、謝らせるだなんて。先輩が勝手に謝ったんじゃないですかー？　まあ後輩の機嫌を取っておくのは、悪いことじゃないと思いますけど。あとでいいコトあります！」

「いいこと？」

「たぶん、ですけどねー。先輩は、頼り甲斐《がい》のあるほうが素敵だと思いますよ？」

悪戯《いたずら》っぽく笑ってみせる後輩の少女。

その様子は、いつかの灯火《とうか》を彷彿《ほうふつ》とさせるものだ。違いがあるとすれば、こちらはより完璧に近いということだろう。演技ではない、飾らない素の明るさが垣間見《かいまみ》える。

赤みがかった長いストレートヘアが特徴の少女だ。少しだけ制服を着崩している辺り、きっと自分の見られ方をわかっているタイプ。髪留《かみど》めにしろ鞄《かばん》にしろ、趣味のいい小物で飾っているのが見て取れる。いわゆる今風の女子高生、といった印象があった。

「あ……天ヶ瀬《あまがせ》、さん？」

灯火が、まるで信じられないものを見るように、震えた声音で名前を呼んだ。

天ヶ瀬まなつ――それが彼女の名前。

「ん。おはよ、灯火ちゃん。灯火ちゃんって先輩と知り合いだったんだー？」

それに答える天ヶ瀬。

そういえば灯火を探し回ったとき、教室で天ヶ瀬に会っていた。ふたりは同じクラスだ。

「い、いや……それ、わたしの台詞《せりふ》……なん、です、けど……てか何して、」

「え？　嫌だな、もう。もちろんだよ！」

答えるなり僕の手を取って、そのまま有無を言わせる間もなく腕を抱えてくる天ヶ瀬。

灯火は過敏に反応して、「うぎょっ」とＪＫに非《あら》ざる声を出す。あり得ないものを見る目とは、おそらく今の灯火の双眸《そうぼう》を言う。

「なななななっ!?　なっ、なっ！　何してるんですか伊織《いおり》くんせんぱいっ!?」

そこで僕に振ってくる意味がわからなかったし。

そこで僕ではなく天ヶ瀬が答える意味も、やはりわからなかった。

「何って。これくらい普通でしょ。ね、先輩？」

「はあ——っ!?　ちょちょちょっと伊織くんせんぱいっ!?　何デレデレしてるんですか、らしくもないっ！　そういうのを冷めた顔で突き放すのが氷点下野郎でしょう!?」

「えー？　先輩はそんな酷《ひど》いことしないよー」

「わたしにはめちゃめちゃするんですけど、その人ぉ！」

「それは灯火ちゃんだからじゃない？　わたしにはとーっても優しいよー？」

「——ッ!!」

人類の理解を超越した獣性言語（？）を唸《うな》る灯火。

何を言ったのか何もわからないが、それでも天ヶ瀬は笑って答えた。

「——だって、わたしと先輩は、恋人同士なんだから！」

灯火は。

灯火は腰に手を当て、空を仰ぎ見ると、一度片手をこめかみに当て、それからやれやれとばかりに大きく首を振ると、腕を組み、改めて空を見てから、息を吸い込み。

「あはははいや何を言い出すかと思えばそんなあり得ない台詞《せりふ》をまさかはははは」

全身を微細に振動させながら、天ヶ瀬《あまがせ》の発言を笑い飛ばそうとした。

なんで震えてるんだろう。灯火《とうか》は続ける。

「いや。いやいやいや。わたしを担ごうったってそうはいきませんよ。ええ。この氷点下ウルトラ変人せんぱい野郎に、こ、恋人！　とか！　そんな、そんなの絶対あり、あり、あり得ませんからあり得ない絶対あり得ないなんなんですかこれはなんだこれぇっ!!」

無茶苦茶《むちゃくちゃ》だった。

しかもなかなか酷《ひど》いことを言われていた。

まあ、あまり反論の余地もない。

「落ち着け、灯火」

とはいえ言われっ放しでいるのもなんだし、何より灯火が荒れに荒れている。

ここは僕が言葉を挟むべきだろうと、そう口火を切ってみたのだが。

「これが落ち着いていられることでせうか!?」

ぜんぜん通じそうになかった。

「いいから落ち着け……。何もお前が怒ることじゃないだろ、別に」

「――だっ！　こ、の……っ」

「んで天ヶ瀬も、いきなり腕を組んでくるなよ」

「はーい」

天ヶ瀬は素直に手を離す。

それにようやく灯火も落ち着いたのか、呼吸を整えて、改めて僕を睨《にら》み、

「――で！　どういう！　ことですか、これは!!　せんぱいっ!?」

「どうもこうも」僕は答える。「そういえば、お前には言ったことなかったっけか」

「――――――――――――――――――――――――――――――――ヴぁ？」

確かに、僕という人間を思えば想像もできないことだろうが。

でも、それはそうなのだから仕方がないだろう。改めて、僕は灯火に告げた。


「――僕は天ヶ瀬と付き合ってるんだよ」


その発言に、灯火は完全に絶句し。

天ヶ瀬はわずかに微笑《ほほえ》むと、再び僕に向き直ってこう言った。

「ね、伊織《いおり》先輩。今日、デート行きましょうよ」

「え？　あ、いやでもな。さっき、灯火とどっかに行くかって話が――」

「いやいやいや。さすがにそこは彼女を優先してほしいんですけど。灯火ちゃんだって、

そこはわかってくれますって。先輩が優しいのは知ってますけど、それはナシですよ」

「ん、……そういうもんか。わかった。じゃあ、そういうことになった、灯火《とうか》」

告げてはみるが、灯火のリアクションはまったくない。

しかし天ヶ瀬は僕の彼女なのだから誰よりも優先しなければならないに決まっている。

それは、何もおかしなことではない。

「それじゃ、行きましょう先輩！　わたしたち先行くねー、灯火ちゃん！　また教室で」

「あ、……おぉ、わかった」

そのまま天ヶ瀬《あまがせ》に手を引かれて、僕は歩き出す。

灯火を振り返ってみても、彼女は完全に固まったまま、何を言うこともなかった。何か悪いことをしたような気になってしまい、後ろ髪を引かれる思いがした。

けれどそこで、まるで内心を読んだかのように天ヶ瀬が言う。

「――伊織《いおり》先輩はわたしの恋人なんですよ？」

「ん……あ、ああ。そう、だな……そうだったな……」

「だから、ほかのことなんて何も気にしなくていいんですよ。そうでしょう？」

「そうだな……その通りだ」

天ヶ瀬は何もおかしなことを言っていない。

その通りだ。ならば、僕もまたその通りにしなければならないはずだった。

ゆえに、

「――――――――――――――――――――いやせんぱい寝取られたー!?」

などと妄言を吐いている灯火のことは、放置しておいて構わないだろう。

第一章『かわいい彼女が生えてきた』

1

教室に入ろうとしたところで、自分の席に座って肘をつく与那城玲夏《よなしろれいか》と目が合った。

声をかけるべきかどうか、少しだけ迷う。昨日のことについて、改めて礼を言っておくべきだろうが、与那城にも立場があろう。僕のような嫌われ者が、教室で声をかけるのは避けたほうがいい気もした。一応、片がついたことはＬＩＮＥで報告してあるけど。

「……、えぇぇ……？」

迷う僕に、教室の与那城は妙な視線を向けてくる。

以前のように怒っているとか、睨《にら》んでいるわけではなくて、なんだか怪訝《けげん》そうな表情だ。

普段と違うことといえば、僕の後ろに天ヶ瀬《あまがせ》が立っていることくらいだが――ふむ。

「……そういや、教室に行かなくていいのか？」

振り返って訊《たず》ねると、天ヶ瀬は楽しそうな微笑《ほほえ》みを浮かべて。

「もちろん、ちゃんと教室には戻りますよー」

「そらそうか……悪かったな、なんだか教室まで見送らせちゃったみたいで」

「いえ、わたしが勝手について来ただけなので！　せっかく会えたんですから、ちょっとでもいっしょにいたかったんですけど……ダメでしたか、先輩？」

上目遣いの健気《けなげ》な視線が僕に刺さった。

かわいい彼女がいるというのは、なんとも恵まれたことではないか。癒《いや》されるね。

「別にダメってことはないよ。ありがとう」

「じゃ、見送ってあげた彼女にお礼をくださいよ。お・れ・い♪」

悪戯《いたずら》っぽい笑みが僕を見上げてくる。毎度、至近距離から上目遣いで覗《のぞ》き込まれると、僕も少しどぎまぎしてしまうものだ。

なんというか、やっぱり灯火《とうか》は小悪魔でもなんでもなかったな、と少し思う。

なるほど、これが本物か……。ちょっと感心してしまった。

「ま、いいけど。お礼って？」

「伊織《いおり》先輩の連絡先！　教えてくださいっ」

「ああ。そのくらいなら、もちろん」

かわいらしいお願いじゃないか。もちろん恋人には、それなりの融通を利かせる。

僕らはスマホに、お互いの連絡先を登録した。

「えっへへ。ありがとうございます、伊織先輩っ」

「どういたしまして。じゃあ、またあとでな」

「はいっ。では、またのちほどでーす！　連絡するので、無視しないでくださいねー？」

ひらひら控えめに手を振って、天ヶ瀬《あまがせ》は廊下を戻っていく。

与那城《よなしろ》が教室を出てきたのはそのときだった。ちょうど天ヶ瀬と入れ違う形で、彼女はこちらにやって来るなり、『話があるからこちらに来い』というふうに顎をしゃくる。

僕としても都合のいい申し出だった。

素直に従い、そのままふたりで目立たないように教室から少し離れる。

向かった先は、廊下の奥にある階段の踊り場だ。昇降口とは教室を挟んで逆側だから、こちら側に生徒がやって来る可能性は低い。内緒話にはうってつけだろう。

僕を連れ出した与那城は、しかしすぐには口火を切ってこなかった。

考え込むように腕を組んでいる。視線は僕を向いていたが、なんだか怪訝《けげん》そうに、妙なものを見るみたいに、眉根に皺《しわ》を寄せている。

「あー、与那城。昨日は助かったよ」

話しにくそうな様子を察し、僕は自分から声をかけることにした。どの道、感謝は直接伝えるべきだろう。あるいは何か、形にして礼を示すべきかもしれない。

「お陰様で、こうして消えずにいられてる。灯火《とうか》の件も……星の涙の件もたぶん、これで解決できたと思う。お前のお陰だ、ありがとう」

そう言って深く頭を下げる。

しばらくあってから、思いのほか小さな声で与那城の返事が聞こえた。

「……ん。まあ、無事に終わったなら、よかったよ。別に、あたしは何もしてないけど」

「いや、実のところ結構助けられたと思うよ」

本心だった。世界中の誰からも認識されないという事実は、やはり僕にも応える。

見つけてくれる人間がいただけでも、僕は救われていた。まして彼女は、その上で僕にヒントまでくれたのだから。

今にして思えば、むしろよく与那城も僕が認識できたものだった。

「見たよ、昨日」

ふと、そんなふうに与那城は言った。

首を傾《かし》げる僕に対し、彼女は続けて。

「流れ星。丘から空に昇ってくのが遠くから見えた。……あれ、あんたたちなんでしょ」

「ああ、あれやっぱ外からも見えてたのか……いやまあ、そりゃそうだよな」

僕らしくもなく熱を放射してしまった結果の、逆さまの流れ星だ。話すのも恥ずかしいことなのだが、この分だと少なくない数の人間に見られていたのかもしれない。

正直なことを言えば、まさかあんなふうに空に昇っていくとは思っていなかったのだ。

勢い任せでやってしまったというか。そりゃ僕は空に返すつもりで投げているが、かといって本当に光りながら宇宙まで飛んでいくなんて予想できるはずもない。

冷静になったあと、慌てて灯火《とうか》を連れて逃げ帰っていた。

「まあ、今回の礼はまたいずれ。さすがにしばらくは平和になるだろうし――」

「そんなことより」

そんなことより――と与那城《よなしろ》は言った。

そんなこと……。

「さっきのアレ、いったいなんなの？」

「……すまん、なんの話だ？」

問われた言葉の意味がわからず、僕は首を傾《かし》げる。

与那城は一瞬だけ不満そうに目を細めたが、僕がはぐらかしているわけじゃないことはわかったのだろう。再び怪訝《けげん》そうな表情を見せつつも、こう続けた。

「さっき、その……一年といっしょにいたでしょ。なんか、やけに親しげだったけど」

「ん、ああ、天ヶ瀬《あまがせ》の話か。そうだな、かなり親しいと言っていいと思うが」

「かなり……？　あの子と？」

ものすごく胡散臭《うさんくさ》いものを見る目が向けられている。僕はそれを察した。

実際、この学校に《僕と仲のいい者がいる》という事実は論理的な誤謬《ごびゅう》を孕《はら》んでいる。

……いや、やっぱりいくらなんでもそこまでじゃないと思うけど。とにかく。

与那城の不信感を拭い去るべく、僕は言った。

「彼女なんだよ」

「…………、ごめん。もう一回言ってもらっていい？」

「いや。だから、彼女。恋人って意味。僕と天ヶ瀬が付き合ってるっていうこと」

「………………………………………………………頭、だいじょぶ？」

「そのリアクションはだいじょばない……」

拭い去るどころか、より強い怪しさで塗り潰してしまった模様ですので。

本当に心配そうなイントネーションで言われてしまった。それいちばんつらいな……。

いや。いやまあ確かに、与那城のリアクションに反論できた道理もない。流宮《ながれみや》の氷点下男に恋人がいるだなんて聞いて、納得する人間のほうがこの学校では珍しいだろう。

でも事実は事実なのだから、仕方ないとしか言いようがなくて。

「え、ごめん、意味わかんない……。ていうか普通に信じられないんだけど」

「そう言われても。僕からもこれ以上、説明のしようがない」

「や。だってあんた……あっちと付き合ってるんじゃなかったの？」

ここで言う《あっち》が誰のことなのかは、さすがに僕も察した。

「灯火のことを言ってるなら違うぞ。確かにここんとこ、そういうふうに見えるよう振舞ってたけどな、あいつ。それは単に目論見《もくろみ》があったってだけだ。《星の涙》の使い方を僕から聞き出そうとしてたんだとさ」

こう答えれば与那城《よなしろ》には伝わるだろう。詳しい話こそ教えていないが、灯火《とうか》が星の涙で願いを叶《かな》えようとしていたことは、与那城も知っているのだから。

「それはわかるけど。いやでも、あの子、だって、誰が見たって……」

「誰が見たって、何？」

「……なんでもないけど」

与那城は言葉を濁したが、含みがあるのは明らかだった。

まあいい。いずれにせよ僕が付き合っている相手は灯火ではなく、天ヶ瀬《あまがせ》だ。

こちらが冗談を言っていないことは察したのだろう。少しあってから与那城は言った。

「いつから付き合ってんの？　少なくとも、あたしはまったく聞いてないんだけど」

どうしても信用してくれないらしい。聞いてないって、そりゃ僕から進んでは言わないだろう。うーん……どう話したものやら。

「いつからって訊《き》かれても……、ん？　いつから……？」

――いつから、だっけ？

あれ、なぜだろう。それが、思い出せない――。

「あ、れ……いつから、だ……？　いつ、から……僕は」

「……冬月《ふゆつき》？　ねえ、冬月？　どうしたの。具合いがすごく、悪そうだけど……」

わからない。わからなかった。

頭が軋《きし》むように痛い。

いつから。いったいいつから僕と天ヶ瀬は付き合っている？　いや、そもそもそれは、考えなければならないことなのか。いつからだって別に構わないのではないか？

考えなくてもいい。考えなくてもいい。

そんなことは考えるまでもない当然だ。

天ヶ瀬が僕の彼女であることは当然の事実であり疑う必要などないのだから――。

「冬月！　ねえ、――伊織《いおり》っ！　しっかりしろ!!」

肩が、そのとき強く揺さぶられた。

はっとする。自分が頭を押さえてぼうっとしていたことを、ここで初めて自覚した。

「あたしのことわかる？　落ち着いて。息、整えて。ほら、ゆっくり」

「……玲《れい》、夏《か》？　っ、僕は――」

「いいから。まずしっかり立って。伊織、あんた顔色すごく青いよ。大丈夫なの？」

心配そうな少女の表情が、すぐ目の前にある。

それで、どうにか落ち着いた。頭痛は綺麗《きれい》さっぱり消えていた。

「大丈夫だ。大丈夫……悪かった、与那城。もう平気だ」

僕を支えようとする与那城の手から、やんわりと逃れる。

「……ならいいけど」

小さく与那城《よなしろ》は呟《つぶや》いたが、その双眸《そうぼう》は言葉ほどには柔らかくない。ほとんど僕を睨《にら》んでいるみたいだったが、それが怒りの表情ではないことは付き合いの長さでわかる。

純粋に、僕を心配してくれているだけだ。

だから僕は、これ以上は心配ないと伝えるために、少しだけ力を抜いて。

「ええと。なんの話してたっけ？」

確か天ヶ瀬《あまがせ》の話だったと思うが……そういえば、頭痛に襲われる前の話題はなんだっただろう。訊《き》いてみてから気づいたが、本当に思い出せなかった。

まだ寝惚《ねぼ》けているのだろうか。どうにも、脳が上手《うま》く働いていない気がする。

「……なんでもないよ」

与那城は言った。彼女がそう言うのなら、大した話はしていなかったのだろう。

「それより、そろそろ教室に戻るから。冬月《ふゆつき》はあとから来て」

「いいけど……なんで？」

別に、いっしょに戻ればいいだろうに。そう思う僕に対し、与那城は細い目を向けて。

「同じタイミングで戻って下手に勘繰られたりしたら、癪《しゃく》だからだけど」

「……なるほど。論理的だ」

癪だと告げられては返す言葉もない。唯々諾々と従っておこう。

与那城の平穏を崩すのは申し訳なかったし、何より今の僕には彼女がいる。まだ一年の天ヶ瀬を、僕の不評に巻き込むことは避けたかった。灯火《とうか》は手遅れだから諦めてほしい。

先に戻っていく与那城を見送る。

と、彼女は階段を下りる途中でふと、こちらを振り返って。

「ねえ冬月。あんたさ」

「……なんだよ」

「実は呪われてんじゃないの？」

「…………」

その表現は、かなり冗談になっていないと思う。

2

一限の現国が終わり、休み時間になった。

僕は昨日、結果的に無断で学校を欠席したはずなのだが、どうやらその辺りは星の涙による都合のいい改変が影響したらしい。担任から突っ込まれることはなかった。

それとなく遠野《とおの》に訊《たず》ねてみたところ、「昨日も普通にいただろ」と実に胡乱《うろん》げな表情で答えてくれたので、まあ欠席扱いにならなくてラッキーだったと思っておこう。

とはいえ、二限の英語では油断できない。教科担当が毎回の授業で宿題を出し、次回の授業で適当に指名された生徒が答えることになっているからだ。昨日——火曜日も英語の授業はあったはずだから、順当に進んだであろう分の課題は今のうちに解いておこう。

と、思っていたのだけれど。

「なあ冬月《ふゆつき》。……そろそろ構ってやっちゃどうだ」

「……ああもう」

小声で話しかけてくる遠野《とおの》。僕は盛大な溜息《ためいき》をつかざるを得なかった。

なんの話かといえば、答えは実に単純で。

さきほどから、教室の外でずっとこちらを見ている下級生のことを遠野は言っている。

「——じ～……っ」

恨みがましい視線がもう全身に刺さる刺さる。

誰が見ても明らかに不機嫌とわかる双原灯火《ふたはらとうか》ちゃんが、扉の陰から僕を睨《にら》んでいた。

その方向を見れば、視線がバッチリと合う。

瞬間、灯火は自分の両手の人差し指を立てると、それを両のこめかみに合わせて立てるようなポーズを取った。ええと、鬼のポーズっていうことですかね……?

「ぷんすか!」

しかもなんか言い始めちゃったよ。

恥ずかしい。やめて。本当にやめて目立つでしょ……。

「ぷんすか！」

教室まで入ってくることはせず、ただ扉の陰に隠れて（丸見え）何かしらの《わたしはとっても怒ってますっ！》オーラだけを飛ばしてくる灯火。やだ、めっちゃ厄介……。

が、僕も伊達《だて》や酔狂で氷点下とは呼ばれていない。別に呼ばれたくもないが、その点は今は措《お》こう。

結論から言って、無視が正解のはずだった。

用件があるなら声をかけてくればいい。そうすれば僕だって無視はしない。忙しいから帰れと丁重に話してあげるつもりだ。なぜ遠くから存在感だけアピってくるのやら。

「ぷんすか！」

喧《やかま》しい。そんなことで僕が折れると思ったら大間違いだ。

「ぷんすか……」

「…………」

「ぷん……、うぅっ……せんぱいが、わたしを見捨てましたぁ……」

「…………」

「……ぐすっ」

「ああああああああああ、もうっ！」

いいよ。わかったよ。

僕の負けだよ。行けばいいんだろ、行けば。

教室中の空気が「うっわ氷点下男が後輩泣かせてる最低ゲス野郎キモ」みたいな感じになっちゃってるじゃん。これ、僕が悪いんですかね……。

僕は立ち上がって教室を出て行く。そして扉の陰の灯火《とうか》を見降ろした。

果たして、灯火は言った。

「――き、奇遇ですね、伊織《いおり》くんせんぱいっ！」

この後輩、この期に及んでさも偶然でした感を演出してきやがった。

僕はふうと息をつく。

それから片手を伸ばすと、鬼の角を外した灯火のこめかみをがっと掴《つか》んで引き寄せ。

「こんな作為的な奇遇があって堪《たま》るか何が目的だ」

「ヘッドロック!?　放してくださいっ！」

「答えないなら徐々に絞めていくが」

「デッドロック!!　話をさせてくださいっ!!」

「お前、実は結構、余裕あるだろ……」

僕も強く力を込めているわけではないけれど。

はあ、と息をついて手を離し、改めて灯火に問い直す。

「なんの用だ？　話があるなら前みたいに入ってくればいいだろ……ったく」

その瞬間、灯火はくわっと目を見開いて。

「なんの用だ、じゃないですよ伊織くんせんぱい！　どういうことですか！　説明を要求します強く要求しますます回答があるまで放しませんからね覚悟の準備はいいですかっ！」

「長い」

「ああっヘッドロックやめてくださいっ！　わたし、そんな覚悟してませんっ!!」

「元気だなお前は本当に……」

「ぜんぜん元気じゃないんですけどおっ!?」

これで？　これで元気じゃないの？　まあいいけど……。

「何か用件があるなら聞くから、ちゃんと話してくれ。説明しろって、いったい何をだ」

朝、与那城《よなしろ》と話した踊り場まで、灯火を誘導しつつ訊《たず》ねた。

さすがの灯火も、ここらで冷静になったのか、少しだけ耳を赤くしつつ小声で言う。

「……朝のことに決まってるじゃないですか。なんですか、彼女って。そんなのわたし、聞いてないんですけど。寝耳にお水なんですけど。わかりますか？　つまり弱点属性ってことですよ、灯火だけに。火だけに！　朝からお水をぶっかけられる気分たるやっ！」

「消えそうには見えないけどな……」

「いえいえいえ、もう風前の灯火ちゃんと言っていいです！　言いますか!?」

「言わない……」

「なんとか薪《まき》をくべて熱を保ってる状況ですよ、こっちは。ドッキリ大成功のパネル待ちなんですから。出すなら早くしてください、伊織《いおり》くんせんぱい。灯火《とうか》ちゃんが消えちゃう前に！　早くっ！　パネルの木材を燃料にすれば、なんとか間に合いますからーっ!!」

「そんなパネル、用意してねえよ。ていうかドッキリじゃない」

「ふぁややーっ！」

灯火は『ふぁややーっ！』と言った。

しかも両手を上げてのけぞるようなポーズつきで。

……何それ？　燃えてるの？　燃えてるってことなの、それは？　なら解決ですけど。

「信用したくないってんなら別にいいけど。そんな恥ずかしい嘘《うそ》つかねえよ」

それくらい、灯火だってわかっていると思うのだが。

それでも灯火は食い下がってくる。そんなに納得いかないのだろうか。

「い、いやでもっ、そんな……だっていきなりっ！　いきなりすぎますよ、これはっ！」

「そんなこと言われてもな。だいたい、別にお前には関係ないだろ」

「かっ――……!?」

瞬間、灯火は絶句した。

あり得ないものを見る目で僕を見ていた。

その小さな口を、まるで池の鯉《こい》みたいにぱくぱくさせながら。

「い、いや、だって昨日、その……わたしは、あのっ！」

「……昨日の件でまだ何かあるのか？」

引っかかりがあるなら、それは潰しておきたいところだ。

訊《たず》ねた僕に、けれど灯火は狼狽《うろた》えた様子で。

「あの、いえその、そゆこと、じゃ、なくて……、あぅうっ」

「……？」

灯火が何を言いたいのか、それがいまいちわからない。

まっすぐに見つめる彼女の顔が、次第に赤く染まっていくことだけがわかった。

「だ、だってわたし、……せんぱいの、こと……っ」

「……僕が？」

「…………………………………………………………………………………やっぱむりっ！」

だってわたし
せんぱいのこと
やっぱむり

……え、なんか急に、川柳チックに罵倒されたんですけど。

それ割と普通に傷つくな……。ショックかもしれない。灯火《とうか》には結構、好かれていると思っていただけに、急に罵倒されると思ったよりも悲しいらしい。

もちろん氷点下男としては、そんな感情を顔に出したりしないけれど。

「まあ、なんでもないってんならそれでいいが」

「――あ……っ」

僕がそう言った瞬間、灯火は少し悲しげに瞳を揺らがせた。

いや、悲しいのはむしろ僕のほうだが。謎に文句を言われた挙句、いきなり無理とまで言われてはさすがに落ち込む。いったい僕が何をしたっていうのか。ちょっと願いを強制的に捨てさせたり、からかって遊んだりしているだけではないか。じゃあそれだわ。

……あ、あれ？　よくよく冷静に考えてみれば、僕って灯火に好かれる要素、ひとつもなくない？　むしろ嫌われてて当然のことしか、これまでやってないんじゃない……？

僕が今日まで灯火といっしょにいたのは、大前提として彼女に星の涙を捨てさせるためである。初めから、僕は灯火の意に背く目的で近づいたということ。

灯火から見た僕は、あの手この手で目的の邪魔ばかりしてきた奴《やつ》である。あらゆる手を使って女の子の邪魔をする男……ああ、そういうことか。

そんな野郎に彼女がいるだなんて聞けば、優しい灯火が心配に思うのも無理はない。

事実、天ヶ瀬《あまがせ》は数少ない灯火の友人でもある。心配に思っているのだろう。

「い、伊織《いおり》くんせんぱい、は――」

「――いや、すまん。よく理解したよ、灯火《とうか》」

皆まで言わせる必要はない。僕は灯火を片手で制し、理解を示す。

「大丈夫、心配するな。説得力はないかもしれんが、僕だってちゃんとわかってる」

「えっ。えっ!?　急に何がわかったんですか!?」

驚く灯火。そんな彼女を心配させまいと、僕は宣言した。

「天ヶ瀬《あまがせ》のことは、きちんと責任を持って僕が幸せにしてみせる」

「――」

「お前のときとは違うからな。僕は、ちゃんとあいつには優しくするよ」

「――」

「なにせ彼女だからな。いくら僕だって、自分の彼女を優先するくらいの甲斐性《かいしょう》はある」

「――」

「ところで灯火。どうした、なんか目が死んでないか？」

灯火は僕の問いに答えなかった。

無表情を通り越した、完全なる虚無の無表情でそこに立っていた。

え、どうしたの。生きてる？　ていうか息してる……？

「――ハイそこまでー」

と、そんなふうに突如、会話に入ってくる奴《やつ》が現れて。

そいつは棒立ちの灯火の腕を掴《つか》むと、そのまま引っ張るように連れ去ろうとする。

その姿には、僕としても驚かざるを得なかった。

「よ、与那城《よなしろ》？　なんでお前、こんなとこに」

「いいから」問いかけた僕の言葉を、与那城はすぐ遮って。「冬月《ふゆつき》は教室に戻ってて。話ややこしくなるだけだし。この子はあたしが預かっとくから、ほら、さっさ行け」

「いや、でも」

「いいから。――邪魔」

しっし、と犬みたいに追い払われる僕だった。

そのまま与那城は、微動だにしない灯火を引きずるように連れ去っていく。

このふたり、そんなに仲がいいとは思っていなかったのだが。なんだったのだろう。

「ほら。しっかり歩きなよ、もう」

「……なぜ、わたしは、こんな目に……？」

そんな言葉と共に廊下を去っていく灯火と与那城。

見送る僕に、目の前の光景の意味はまるでわからなかった。……なんだこれ？

3

とはいえまあ与那城《よなしろ》が灯火《とうか》によくしてくれるというのなら歓迎すべきだろう。

実際、相性の悪いふたりではないと思う。元より与那城は面倒見のいい性格だったし、そういう意味では逆に面倒見られのいい灯火とは凹凸が上手《うま》く噛《か》み合う。一見、気難しい与那城に臆さず、素直に懐くであろうあの後輩は、たぶん与那城の好きなタイプだ。

決して僕の負担を与那城と等分しようというわけではない。ない。

――なんて冗談は措《お》くとしても実際、与那城が灯火に積極的に関わってくれるのは、僕にとって素直に喜ばしいことだ。

なぜなら灯火には、これから三年間の高校生活がある。

別に灯火を放り出すつもりはなかったが、彼女も僕ばかりにかかずらっていては上手くないだろう。巻き添えを食って、無駄に評判を落とし続けることはあるまい。

さきほどは手遅れだとも思ったし、自分から近づいてきた灯火に気を回してやる理由も実はないのだが、まあ星の涙の件を思えば情状酌量の余地はある。

というか僕がそれくらいの気を回さないと申し訳なかった。

灯火にもそうだし、誰より、今はいない流希《りゅうき》にも。幼馴染《おさななじ》みの妹に、それとなく融通を利かせるくらいはするべきだ。

後先考えないあのアホに、今後は自分の青春を過ごしてもらいたい。

灯火は優しすぎる。それはつまり、誰でもない他人の善意を信じすぎるということ。

身内に施される善意では、他人からの悪意には太刀打ちできないのだから。誰でもない不特定の誰かから、常に悪意を向けられることがどれほど心を刺すか。

僕は、それを嫌というほど知っている。

この辺りを、僕は与那城のバランス感覚に期待したかった。実際に一度、見ず知らずの灯火に対し、僕には近づかないほうがいいと忠告してくれている。彼女なら適任だ。

与那城が上手く便宜を図ってくれれば、灯火も普通にこの学校へ溶け込めるだろう。

クラスの友達と、下らないことで笑い合って、アホ面のままいてくれればいい。

心の底から、そう願って——いや、思っている。

——そして実際、一時間目以降の休み時間で灯火が姿を現すことはなかった。

与那城が気を回してくれたからだと思う。頼りすぎな気もするが、頼ると決めたばかりだし構わないだろう。やりたくないことをやる奴《やつ》でもないから、安心して任せられる。

となれば僕が早急に考えるべきは、やはり《星の涙》のことだと思う。

灯火の件で、僕が星の涙が引き起こしたと思《おぼ》しき事態に関わるのは、おそらく三回目。

なにせ人間の認識能力そのものに干渉しやがるから、絶対とは言えないけれど。確実に知っているものを数えれば三つになる。

ひとつ目は陽星《ひせ》の件。

ふたつ目は、名前がわからない友達の件。

そして三つ目が灯火《とうか》の件だ。

このうち無事に解決できた——つまり星の涙の影響を完全になかったことにできた——ものは、灯火の一件だけ。残りは今も影響を留《とど》めており、解決の目途すらない。

表現は最悪だが、その点だけで見れば三件目のサンプルケースを目にできたことは一応プラスと言えなくもなかった。

僕は星の涙の効果を、あくまで発動した結果からの逆算でしか知らない。

要するに全て推定であり、まだまだ知らないことも多いだろう。だからって発動させて調べるなんて論外なのだから、拾える情報は少しでも拾っておきたいのが本音だ——が。

「……わからん」

前回の灯火の件は、これまでのケースとは微妙に異なる形だったのだ。

それをどう解釈していいものか、僕は迷っていた。

一回目、陽星の件は単純だ。《いじめをなくしてほしい》という願いに応じて、陽星の周りの世界を綺麗《きれい》なだけの楽園へと変えた。

代償に、陽星からは僕の記憶が永久に失われた。

これは発動して、それで終わりだ。対価も一発で奪われ、今さら介入する余地がない。

だが灯火の件は陽星のときと少し違う。

自分と引き換えに姉を生き返らせてほしい。その願いは少しずつ、段階的に叶《かな》えられており、しかも途中で対価が変わっている。この差は果たしてなんなのだろう。

考えてみれば、そもそも《星の涙》が常に一定の法則に基づいて作用している、なんて保証も別にないわけで。それを思えば、考えるだけ無駄なのかもしれないけれど……。

それでも、この先も星の涙と関わっていくのであれば。

ちょっとずつ、星の涙そのものの秘密についても頭を使っておくべきだろう。

——まあ上手《うま》いこと自分が事件に巻き込まれる保証もないのだが。灯火の件のように、たまたま出会うことを期待する以外、今のところできることがなかった。

「おやー。何か考えごとですか、いおりん先輩？」

「……その呼び方は？」

迷走していた意識を引き戻す声につられ、僕は視線を上げる。

もう放課後。僕は教室に残ったまま、たぶん訪れるであろう声の主——天ヶ瀬《あまがせ》まなつを待っていた。そして思っていた通り、彼女は当然のように僕の教室までやって来た。

「んー。わたしも何か、トクベツな呼び方が欲しいかなって思いまして」

てへっ☆　とばかりに片手の人差し指を頬《ほお》に当て、悪戯《いたずら》っぽく天ヶ瀬は笑う。

なんというか、自然な様子だ。奇妙なほどにしっくり来る。

そこにいるのが当然で、こんなふうに昔から話していたみたいな。そういう感覚。

「だいたい先輩、灯火《とうか》ちゃんのことは名前で呼んでるじゃないですか」

「ああ……でもアレは灯火の姉も友達だからだ。苗字《みょうじ》で呼ぶと区別に困るって話」

「はあ。まあそんなトコだと思いましたけど」

なぜか不服そうに呟《つぶや》く天ヶ瀬《あまがせ》。それから、

「ほら、灯火ちゃんは《伊織《いおり》くんせんぱい》って呼んでるじゃないですか」

「そういやあいつ、結局あの呼び方を変えなかったな……」

「そういうの、わたしも憧れちゃうなーって。普通に呼ぶのも芸がないじゃないですか」

「いや……でも、だからって《いおりん》はないいんじゃないか？」

「お嫌ですか？」

そうまっすぐ訊《き》かれると、僕としても反駁《はんばく》しづらい。

「絶対に嫌だとは言わないけど……なんかなあ。さすがにそれは……」

——似合わないってレベルじゃないな。僕をそう呼ぼうって奴《やつ》はまずいないだろう。

「まあ呼びたいように呼んでくれ。こっちも答えたいときだけ答えるから」

「……、あははっ」

一瞬だけきょとんとした表情を見せた天ヶ瀬は、けれど直後に破顔して。

「なんかおかしなこと言ったか、僕は？」

「いえいえ。単に、先輩らしい返事だなって思っただけです」

「そう、か……？」

「面倒臭いようでいて、意外と理屈自体はわかりやすいっていうか。まあ実際、面倒臭いことは面倒臭いんですけど」

褒められているようでいて、最終的には貶《けな》されているような言い回しだ。

果たしてなんと答えたものやら。迷う僕に構わず、天ヶ瀬はそのまま話題を変えた。

「そんなことより、いおりん先輩」

その呼び方は完全に定着させるつもりらしい。

少し、いやだいぶ迷ったが、僕は結局そのまま流すことにした。

「なんだ？」

「遊びに行きましょう。今日の放課後は楽しみにしてたんですからっ！」

快活な笑みで、天ヶ瀬は僕を誘う。

僕が天ヶ瀬の彼氏である以上、その誘いは正当性のあるものだろう。

「そういえば、そんな約束だったっけか……ちなみに、どこか行きたいところでも？」

「特にどこということも。それこそ、いおりん先輩とならどこへでも！　です。こういうふうに答えるのが、いおりん先輩のお好みだと見ましたがどうでしょう？」

「……、違う。誰から聞いた、そんなこと？」

「普通にわたしが予想しただけですよ？　まあ違うと仰《おっしゃ》るならそれで構いませんけど」

「なんか含みを感じるんだが……」

「えー、気のせいじゃないですかー？　別にいおりん先輩が、あざとい後輩趣味だなんて思ってませんよー？」

「……なるほど」僕は言う。「なら、その勘違いは一生そのまま封印しておいてくれ」

「了解でーす！　って、そんなことより早く行きましょうよ。ゲーセンとかどうです？」

「そうだな……」

少しだけ、僕は考え込んだ。

といっても、別に迷うことはないはずで。

せっかくの彼女からのお誘いなのだ。最近は灯火《とうか》にかかりっきりで、天ヶ瀬《あまがせ》を放置してしまっていた感がある。ここでその穴埋めを要求される分には、理屈に適《かな》っている。

ならば素直に、今日という日を天ヶ瀬と過ごしても何も問題はないはずで。

「まあ、別に構わな——」

僕は肯定の返事をしようとした。

——刺すように鋭い頭痛は、その瞬間に僕を襲ったのだ。

「っ——ぐ、ぅ——あ？」

「……先輩？　え、ちょっ、どうしたんですか!?」

思わず倒れかけて、咄嗟《とっさ》に机で体重を支える。

天ヶ瀬も驚いたのだろう。咄嗟に僕に手を伸ばそうとして、けれど途中でやめていた。

だが僕はそれに気づいていても、声をかける余裕がない。

——頭が痛い。

いいや、脳が痛いといった感じだろうか。内側に棘《いばら》の生えた鋼鉄の輪が、頭蓋骨の中にある脳味噌《のうみそ》を直接、ぎちぎち締め上げているみたいな感覚がある。

「い……っ、てぇな……！」

思わず僕は毒づいた。だがその痛みが僕を冷静にさせた。

——思い出せ——。

まるでそう語るかのような激しい痛み。お前には思い出すことがあるだろう、今ここで天ヶ瀬といっしょに出かけることがお前のすべき行いかと——痛みがそう発している。

そして僕には、この痛みに確かに覚えがある。

ああ、そうだった。その通りだ。僕には確かに、やるべきことがあるじゃないか。

——どうして忘れていたのだろう。

今日は、七月三日は水曜日だ。

そして僕には——冬月伊織には、水曜日には必ず行かなければならない場所がある。

どうしてそんな大事なことを忘れていたのだろう。

わからない。いや違う、わかりきっている。僕は全てを思い出していた。

「……悪いが今日は空けられない。水曜日だけはダメだ」

だから僕は言った。

すぐ傍《そば》で、天ヶ瀬《あまがせ》まなつは訊《き》き返す。

「どうして？　彼女とデートに行きたくないの？」

「まあ僕は本当に彼女がいても、水曜日を空けるつもりはまったくないんだが」

「…………」

「それ以前の問題だ。——そもそも僕に彼女なんていない」

顔を上げる。頭の痛みはとうに消えていた。

そして視線を向けた先で、天ヶ瀬まなつは今までと変わりのない笑みを浮かべて。

「いおりん先輩、ひどいんだあ。そういうこと言うんだ？」

「……そういうお前こそ、なんだ、これは。僕を洗脳でもしてたってのか？」

まあ、天ヶ瀬まなつが天才的な催眠術師であり、優れた技術で僕を洗脳したという可能性も、絶対にゼロではないのかもしれないが。そんな、ほとんどあり得ない推測より。

もっと簡単に、人間の精神に干渉する方法がこの街には転がっている。

「……《星の涙》を持ってるな？」

ほとんど睨《にら》むような形で、そう訊《たず》ねた僕に対し。

天ヶ瀬は、ふっと冷めたような表情で。これまで見たこともないような目をして――、

「――何？　私が彼女で不満だって言う気なワケ？　それってちょっと贅沢《ぜいたく》じゃない？」

悪びれもせず、そう答えた。

僕は、それを紛れもない肯定だと受け取る。だから重ねて、

「使ったんだな？　はっきり答えろ」

「……ずいぶん上からじゃん。つーか何、これ？　これじゃ意味ないんですけど。思ったより役に立たないね」

「質問に答えろ」

「はいはい、使いましたけど？　これでいいでしょ？」

言いながら天ヶ瀬は、自分の鞄《かばん》から星の涙を取り出した。

僕や流希《りゆうき》が持っていたものと違い、ネックレス状に加工されていない、素《もと》の石。

それを確かに、天ヶ瀬まなつは所持していた。

「……何を願った？」

僕は問う――問わないわけにはいかない。

冬月《ふゆつき》伊織《いおり》の生きる目的は、あのときからわずかだって揺らいではいなかった。

星の涙にかけられる全ての願いを、否定するために僕は生きている。

「はあ、何それ。偉そうに。私がそれに答えなきゃいけない理由、ないんですけど」

けれど天ヶ瀬《あまがせ》は、僕の言葉にそう答えた。

確かに、彼女の言う通りだ。わざわざ僕に教える必要なんてまったくない。先輩という立場を利用して強めに言ってみたが、通じないのなら別の手を選ぼう。

「場合によっては僕が協力できるかもしれない。少なくとも、そんな石に頼ってもお前の願いは絶対まともには叶《かな》わないんだ。僕はそのことを知っている」

「……ふぅん。で？」

で、と訊《き》かれると正直、答えようもない。

そもそも説得でどうにかなるようなら苦労はしない。さすがに学習している。

でも言った。

「あー……つまり、もしもその願いが僕に叶えられることだったら、できる限りの協力はする気でいる。だから、できればその石は捨ててほしいんだが——」

「無理だから」

「…………」

だよな、としか言いようのない返答だった。

そもそも灯火《とうか》のように、ある程度こちらに好意的だったことのほうがイレギュラーだ。

奇跡の石を使う者が、願いを捨てろと迫る者に見せる当然の態度が、これなのだ。

「あんたにどうにかできるような願いじゃないから、そもそも」

「………」

「てか、やっぱり捨てろとか言ってくるんだね。思うんだけどさ、そんなこと言って誰がまともに聞くと思ってんの？　自分のやってること、無理があるとか思わないワケ？」

違和感のある言葉だった。僕は思わず問う。

「やっぱり……？　お前、誰かに僕のことを聞いたのか？」

「……別に」

天ヶ瀬《あまがせ》は小さく首を振った。

違和感のある反応だ。こいつは初めから、僕の目的を知っていたのかもしれない。

「何言われようと答えないから、私。いきなりこうなるとは思ってなかったけど、だからって説明とかするわけないし」

だが天ヶ瀬は頑《かたく》なだ。説得できる気がまったくしない。

星の涙に願いを託すとはそういうことなのだ。

対価があることは初めから承知の上で、それでも縋《すが》りたい者だけが使う石なのだから。

これが本来の、僕がやろうとしていることなのだろう。

「――で」

と、天ヶ瀬は言った。

さきほどまでとは打って変わって、朝から見てきたような甘えた声音で。

「いおりん先輩、ご予定があるそうですけど。いったいどこに行くんですー？」

「……お前」

「なんですか、もー。怖い声を出さないでくださいよー！」

これが天ヶ瀬の被《かぶ》る仮面なのだろう。

わかるのは、僕が女の子の演技をさっぱり見抜けていないという間抜けな事実だけ。

誰でしたっけ？　演技ではない素の小悪魔とはこういうのだー、とか抜かしてたバカは。

「ねえ、いおりん先輩。そこ、わたしもいっしょに行ったらダメですか？」

「——何？」

その上で天ヶ瀬の言った提案は、僕としても予想外のものだった。

すでに僕は、天ヶ瀬が恋人でもなんでもないことを思い出してしまった。この状況で、なおも天ヶ瀬が僕に付き纏《まと》う理由はないはずだ。

解せない。天ヶ瀬が何をしているのか、それが不明だ。

ただ、

「いいじゃないですか、それくらい。それとも、わたしが行くと都合が悪——」

「いやそうか、そうだな。わかった。それならついて来てもいい。つーかむしろ来い」

「え、」

天ヶ瀬はそこで、初めて驚いたような表情を見せた。

だが言い出したのは天ヶ瀬《あまがせ》のほうだ。わざわざ行動を共にしてくれるなら、断る理由のほうがない。

「うん。確かにそのほうが都合もいいな。向かいがてら話も聞ける。さっそく行くぞ」

「え——、いや、ホントに!?」

「あと先に言っておくが、あんま楽しい場所じゃないぞ。そこは断っておく」

「いや、ちょ……っ、本気!? そんなコト、急に言われても……!」

「急に洗脳してきた奴《やつ》に言われたくない」

「そ、それはそうかもだけどっ！」

ここで押し問答をするつもりはなかった。勢いでどうにかしよう。

誰に何を言われようと、僕は星の涙が関わる件に関しては一切譲らない。無理やりでもエゴを押しつけ、躊躇《ためら》いなく傍若無人であろうと決めていた。

それがゆえの氷点下なのだから。

僕はそのまま天ヶ瀬を廊下まで誘導する。

「——待ったれぇいっ！」

なんてアホな声が聞こえてきたのはそのときで、見れば廊下の向こうに灯火《とうか》がいた。

さらに言えば、なんだか呆《あき》れた表情で頭を抱えた与那城《よなしろ》も立っている。

「これ以上、あなたの好きにはさせませんよ、天ヶ瀬さんっ！」

廊下に仁王立ち、まるで僕たちをとおせんぼうするように灯火は両手を広げている。

「と、灯火……？」

困惑する天ヶ瀬の声で、さらりと実は呼び捨てにされている事実が判明しつつ。

灯火は言った。

「さあ、伊織《いおり》くんせんぱい！　その洗脳を解くための作戦を、ばっちりと考えてきましたからね！　もうご安心くださいっ！　ちなみにスポンサーは与那城先輩ですっ！」

僕は与那城を見た。

与那城は顔を逸《そ》らした。

……なんか、本当、うちの灯火がごめんなさい……。

もはや同情すら覚える僕を尻目に、灯火は絶好調でなんか言っていた。

「まずはプランその1！　《後輩の呼びかけで真実の愛に目覚める大作戦》です！」

自信満々な灯火より、その横で『あたしは何も関わってない』と死んだ目で伝えてくる与那城のほうが、なんだか目を惹《ひ》いてしまう。本当にごめんね……。

だから僕は言った。

「いいよ。どうせロクでもないから。やらなくて大丈夫」

「いや誰のためにやってると思ってるんですかあ!?」

「ああ……、それは悪いと思うけど」

「いいですけど！　とにかく伊織《いおり》くんせんぱいをこのまま取られるわけには――」

「でも僕、もう全部思い出したから」

「どーしてそーなるのっ⁉」

灯火《とうか》は頭を抱えた。

こいつ、今日も面白いなあ……。

「えっ、えっ⁉　伊織《いおり》くんせんぱい、正気に戻ったんですか⁉」

「その言い方は含みを感じるけど。まあ天ヶ瀬《あまがせ》が彼女じゃないことは思い出したよ」

「じゃあわたしが考えてきたパーフェクトプランは⁉」

「パーフェクトである可能性が否定されていないうちに、そっと引っ込めておこう」

「その言い方には含みを感じますがっ‼」

だって絶対にロクな内容じゃないんだもの。

いや、まあいいけど。確かに灯火にも迷惑はかけてしまっただろう。

それは僕のせいではなく、責任の所在は天ヶ瀬に求めてもらいたいところだったが。

かといって、昨日の今日で灯火をまた星の涙に巻き込むのは避けたいところ。

「まあ、こっちの心配はいらないから大丈夫だ。おい、行くぞ、天ヶ瀬」

「……えっ、とー……」

僕の呼びかけに、天ヶ瀬はものすごく微妙な表情を見せる。

その様子に、むしろ荒ぶったのは灯火のほうで。

「ちょっとぉ!?　なんで思い出したのにまだ天ヶ瀬さんといっしょにいるんですか!?」

なぜと訊《き》かれても、僕の目的を思えば当然のことだろう。

そのくらい、説明せずとも灯火はわかっているはず。

「説明は省くけど、いろいろあってこれからいっしょに出かけることになった」

だから僕はそう言った。

「――――」

灯火はその瞬間に硬直した。天敵に不意を打たれたプレーリードッグみたいな顔で。

……まあ灯火のことは与那城《よなしろ》に投げてしまおう。

棒立ちのまま動かない灯火の横を抜け、僕はさっさと学校を立ち去ることにする。

しばらく進んだところで、後ろをついて来る天ヶ瀬が、ふと僕に言った。

「……あんたさ」

「なんだ、天ヶ瀬」

「あの子のこと、実は嫌いなの？」

その問いに答える言葉なんてひとつしかない。

僕は言った。

「大切には思ってる、つもりだけどな」

「……狙ってやってるなら、より最悪でしょ。その答えがいちばん最悪」

最悪、とは人聞きの悪いことを言う。

僕は単に、最低温なだけだ。——この決め台詞《ぜりふ》、カッコ悪。

4

この流宮《ながれみや》という街は、それなりに栄えた地方都市——といった風情の地域だ。暮らす分には不便のない、いい土地だ。大抵のものは不足なく揃《そろ》っている。逆を言えばこれといった特色のない地域で、なんでもあるけれど、なんにもないような——ここにしかないものが何もない、と悪意的に言い換えることもできる街だろう。

ま、星の涙なんてものがある時点で大概なのだが。

訪れた場所は普段、小織《こおり》が露店を出している大きな駅の近場にある施設。

大方は、近くに来た時点で察していたのだろう。学校を出て以降、文句も言わず素直について来た天ヶ瀬《あまがせ》だったが、ここで初めて僕に訊《たず》ねた。

「……お見舞い？」

「そう表現するのがいちばん近いだろうが……どうかな。違うような気もする」

イメージとしては白が強い。無菌だが無機的な施設——病院。

それを見つめながら、僕は遠回しに問いへ答える。天ヶ瀬は特に何も言わなかった。

毎週水曜日、僕は必ずこの病院に来ている。欠かしたことは一度だってない。

「ここに、僕の友達だった奴《やつ》が入院してる」

事実だけを述べるため、僕は慎重に言葉を探し、伝える。

どう受け取るかは天ヶ瀬の自由だ。彼女は、果たしてこう言った。

「……だった、って？」

「言葉通りだよ。今は違うってことだ。それだけの意味しかない」

「なのに見舞いはするの？」

「向こうに意識はない。ここ数年、ずっと寝たきりだよ」

「…………」

「行くぞ。あんまり長居するのも悪いからな。顔だけ見て、少し話しかけて、いつもすぐ帰ってるんだ。ああ、言うまでもないが病院だからな。騒ぐなよ」

「……騒ぐわけないでしょ」

「そりゃそうだ」

受付に向かって、面会の手続きを済ませる。

看護師さんとは顔馴染《かおなじ》みだから、話が通るのも今では早い。

同行者を連れてくるのは初めてだったから、そこだけは驚かれたけど。それでも大した手間もなく、僕はいつも通り、かつての友人が眠っている三〇三号室に辿《たど》り着いた。

「ここが、僕の友達だった奴《やつ》の個室だ」

「……今さらだけど。私、来てよかったわけ？」

「悪かったら連れてきてねえよ。それより、ちょっと見てみてくれ」

そう言って、部屋の前に書いてあるネームプレートを僕は示す。

怪訝《けげん》そうに目を細める天ヶ瀬《あまがせ》へ、僕は訊《き》いた。

「名前が書いてあるだろ？」

「まあ、そりゃ」

「試しに読んでみてくれ」

「は？」

「いいから。頼む」

強引に頼んだ僕に、天ヶ瀬はやはり不審そうな表情をしていたが。

それでも、ここまで素直について来たのと同じように、ネームプレートを読み上げた。

「[redacted]」

「……やっぱりか」

わかっていたことを再確認するだけの作業。

しても意味のない、どころかしないほうがいいはずのことを、なぜしてしまうのか。

やはりわからないという顔の天ヶ瀬に、僕は首を振って。

「僕には、ここに誰が入院しているのかがわからない」

「……あんた。何、言って——」

「だから言葉通りだよ。僕はネームプレートに書かれている名前が認識できないんだ」

どころか今みたいに読み上げてもらっても、その名前を聞き取れない。まるで地球とは異なる惑星の言語を聞いているみたいに、音も文字も認識の内側に入ってこられない。

「もっと言えば記憶もない。対面したって顔も姿も認識できない。わかるのは誰かが——中学生の頃は友達だったはずの誰かが意識もなく眠っているということだけだ」

「……それって」

「顔も。名前も。容姿も性別も年齢も。——僕には、僕だけは一切、認識できない」

わかるのは彼／彼女が、かつては僕の友人で。

僕は友達を助けることができず、そのまま失ってしまったということだけ。

陽星《ひせ》の逆、と言うのが近いのかもしれない。

彼女が冬月《ふゆつき》伊織《いおり》を認識できないように、冬月伊織はこの誰《だれ》かを認識できなかった。

「星の涙を使ったんだろう。この友達は」

もちろん、認識できないということを認識できるのも僕だけだ。

だから仮に僕が嘘《うそ》をついていても、天ヶ瀬にはそれがわからないだろう。

「何を願ったのか、僕は知らない。ただ結果として、友達だった誰かは今こうして、眠り続ける以外のことをしていない。体は、実に健康体らしいけどな。願ったのか、それともその対価として奪われたのか。それはわからないが、星の涙を使ったからこうなった」

それでも覚えている。

僕にだって、覚えていることはあるのだ。

彼／彼女が友達だったということだけは——僕は決して忘れていない。

名前も、思い出も、全てが奪われてしまったのだとしても。

——ありがとう。

と。最後に、その意味さえわからない礼を言われたことだけは覚えているから。きっと僕には、助けることのできなかった友達がいるのだと。その想《おも》いだけは残っているから。

何もできない僕は、週に一度、せめて欠かさず顔を見にくることだけは続けていた。

その顔さえ、僕には見えないのだけれど。

「まあ、そういうことだ。星の涙を使えば最悪、天ヶ瀬《あまがせ》だってこうして病院で寝たきりになるかもしれない。……ここに連れてきた理由は、わかっただろ」

「…………」

「経験者として老婆心で言ってみるが、人に忘れられるってのは愉快じゃないぞ」

そう言って、僕は返事を待たずにドアをノックした。

我ながら、相変わらず偉そうな態度ばかりだと失笑したくなる台詞《せりふ》だ。

返答はなかった。意識がないのだから当然だ。こうして面会を許されているだけでも、僕にとってはありがたい対応だ。

「僕は中に入るが、お前はどうする？」

一応、連れてきた天ヶ瀬に僕は訊《たず》ねた。

天ヶ瀬はこちらを見ていない。ただ静かに言った。

「外で待ってる」

「わかった。……無理に連れてきて悪かったな」

それだけ告げて、僕は病室に入った。

見慣れた真っ白な空間。その主《あるじ》は今日も音さえ立てず、ただひっそりと眠っている。

記憶はない。

僕は、この誰かが友人だったと知識で知っているだけに過ぎない。

実感はないのだ。

それでも、僕は声をかける。

だって、僕は、友達に会いにきたんだから。

「先週、灯火《とうか》に……幼馴染《おさなな じ》みの妹に会ったって言ったよな。あれ、解決したよ」

ただなんの意味もなく、その週にあったことを言葉に換えて僕は語る。

この時間に、どんな救いがあるのかさえわからないままで。

聞く者も答える者もない、たったひとりの会話を続けた。

5

三十分ほどで面会を終えて外に出る。

天ヶ瀬《あまがせ》はとっくに病院を出て、外のベンチに座っていた。

「……本当に待ってたのか」

てっきり、先に帰ったものだと思っていたが。

本心で僕は驚いた。そんなこちらを、天ヶ瀬はむすっと睨《にら》むように見上げて。

「何それ。待ってるって言ったじゃん」

「……そうだったな。悪い、余計なこと言ったよ」

意外な律義さに、思わず笑いそうになる。

それを必死で隠す僕に、やはり天ヶ瀬は不機嫌そうな様子で。

「……その。ごめんなさい……すみませんでした」

なんて、そんなことを言った。

僕は肩を竦《すく》める。

「なんの謝罪なんだ、それ？」

「だって私、今日、大事な予定があるなんて知らなくて……その、だから」

僕の思考を捻《ね》じ曲げて、予定を忘れさせたことを謝っているらしい。

そこまで言われてしまうと、さすがに堪《こら》えきれない。僕は思わず吹き出してしまう。

「な、なんで笑う!?」

顔を赤くして睨んでくる天ヶ瀬に、悪い、と片手を振って。

「謝るのそこか？　と思ってな。普通そもそも、人を洗脳したことを謝るべきだろ」

「う……それはそうだけど！　あれは、私的にも、いろいろ……ああもう!!」

「なんだよ、逆ギレか？　ていうか第一、どういう願いなんだ？　まさか僕を彼氏にすることが願いだったたっていう気か？」

そう訊《たず》ねてみると、天ヶ瀬はもはや耳まで真っ赤に染めて。

「はあっ!?　そんなんじゃないんですけど！　やめてくんない!?」

「なら、どういうつもりだったんだよ？」

「そ、れは……」

しばし、天ヶ瀬は言い淀《よど》んだ。

だがすぐに首を振り、彼女は言った。

「別に大したことじゃない。ただちょっと、放課後遊ぶ友達が欲しかったってだけ」

「……それだけ？」

「何、それだけじゃ悪いっての？　別にいいでしょ、あんなのに何願ったって。それとも何？　私のやること、いちいち先輩に報告しなきゃなんない義務でもあるってワケ？」

僕だってそうは言わないが。

大した願いじゃないというなら、それこそ星の涙が叶《かな》える必要もないだろう。

「なら僕がお前の友達になってやる。それでいいか？」

だからそう言ってみた。

しばし返事を待つ。天ヶ瀬《あまがせ》はまっすぐに僕の顔を見ながら。

「……それさ、言ってて自分で恥ずかしくならないワケ？」

「まったくならない」

「断言したし……いや、ならいいけどさ。──いおりん先輩って変わってますねー？」

最後の台詞《せりふ》だけ、天ヶ瀬は元のあざとい声で宣《のたま》った。

本性を知ったあとに聞いているせいで、違和感が半端じゃない。

「てか、いおりん先輩は嬉《うれ》しくないんですか？　わたしみたいなかわいい後輩と、簡単にお近づきになれるなんてあんまりないと思うんですけどー」

「生憎《あいにく》と、自分でそういうこと言ってくる奴《やつ》は、こっちとしては間に合ってる」

「……ああ。灯火《とうか》ちゃんですか」

ふっと小さく息をついて。

そのあとで、天ヶ瀬はわずかに笑う。

「さっき、あの子のこと大事とか言ってましたけど。先輩にとって、灯火ちゃんってなんなんですか？」

「なんなんですか、って……そう訊《き》かれても」

「彼女？　じゃないですよね、別に。聞いた感じ恋とかじゃないっぽいですけど」

双原《ふたはら》灯火は今、冬月伊織《ふゆつきいおり》にとって果たして何か。

その問いに、何かしら特別なものなんて僕は見出《みいだ》さない。

「単なる……ねえ。《幼馴染《おさななじ》みの妹》だよ」

「単なる……ねえ。なーんか、いおりん先輩のその表現には、いろいろ意味がありそうな感じしますけど」

「否定はしないけどな。ある程度、気にかけてやりたい相手ではある」

流希《りゅうき》の妹。僕にとっては、その時点で特別だ。

もちろん僕は、僕という個人は——灯火という個人を大事に思っている。そのつもりでいる。

ただ関係性を言葉にしようとしても、上手《うま》い表現がほかにないというだけの意味だ。

少なくとも恋人だのなんだの、そういった関係ではないのだから。

「ある程度……ねえ。それって本当に、ただの《幼馴染《おさななじ》みの妹》にかける程度ですか？」

「……どういう意味だ？」

「いえ別にー。そういうふうに言うんだったら、それはそれでいいですけどー」

目を細める天ヶ瀬《あまがせ》。なんだか、演技なのか素なのか微妙なラインになってきた。

「――とりあえず、今日は帰りますね」

目を細める僕に対して、天ヶ瀬は言った。

少し迷って、それから僕は天ヶ瀬にこう告げてみる。

「今日は水曜日だったが」

「は？　――何、急に当たり前のこと言ってんの？」

一瞬でキャラ変する天ヶ瀬。

こっちの態度で冷めた声を出されると、なかなか心に来るものがあった。

「いや。だからつまり、水曜日は僕は空けられないが、固定で予定があるのは水曜日だけって話で、明日以降は空いてるわけなんだが。……その、どっか遊びにでも行くか？」

どう答えるだろう。

見るべきはこの提案に、天ヶ瀬がどう答えるか、だ。

果たして天ヶ瀬は、ちょっとだけ驚いた顔を見せつつも、すぐに笑って。

「ふぅん……まあいいですよー？　確かに、今日のはいくらなんでもですもんねー。それじゃ、デートプランは任せますよ、伊織《いおり》……じゃなくて、いおりんせんぱーい？」

「……そんな、無理して使うあだ名でもないだろ」

「別に無理なんてしてませんけど。でも、そうですね。こういうのはどうですか？」

ぴっと指を立てて、それを天ヶ瀬は僕に向ける。

それから、どこか試すような笑みで。

「いおりん先輩がわたしを楽しませてくれるんなら、星の涙はお渡ししてもいいです」

「……わかった。それなら約束しよう」

「じゃあ決定ですっ！　――ふたりで、楽しい思い出を作りましょうっ！」

最近、なんだか女の子とデートの約束をすることが増えた気がする。

その割にちっとも嬉《うれ》しい感じじゃないのは、さすが僕といったところだろうが。

とりあえず、これだけは確信できているということがひとつだけあった。


――天ヶ瀬まなつは嘘をついている、ということだ。


直感だった。具体的なことがわかっているわけじゃない、けれど。

彼女には何か明確な目的があって、だから近づいてきた――それは間違いないはずだ。もし本当の願いだって、少なくとも《僕と恋人になりたかった》とかではないだろう。もしそうなら、無効化されたときのリアクションは、もっと違ったものになっていたと思う。

《冬月《ふゆつき》伊織《いおり》が天ヶ瀬《あまがせ》まなつのことを自分の恋人だと思い込む》。

この状態が、星の涙によってもたらされたことに疑う余地はない。けれど、それ自体が願いではなかったことも、おそらく間違いないはずで。

まあ、言っちゃなんだが天ヶ瀬が僕を恋人にしたい理由、……かなり普通に、ないし。

考えられることはふたつある。

ひとつは、――あの状態は願いを叶える過程の一部分でしかなかったということ。

天ヶ瀬は何かもっと大きなことを願っており、それを叶《かな》えるために、僕を恋人にするという過程が必要だった、ないし手っ取り早く適当だった。

もうひとつは、――あの状態になることが彼女の支払った対価だったということ。

天ヶ瀬の願いはまったく別のもので、支払う対価として僕が恋人になってしまう事態を強要されてしまった、あの状態自体が彼女の本意ではなかった。

だが前者でも後者でも、正直に言って意味不明だ。

なぜなら星の涙は、持ち主が《失ってしまった》ものを取り戻す石であり、その対価に《所有しているもの》を明け渡す石であるからだ。

その条件に今回、僕は当て嵌《は》まっていないはずである。

僕と天ヶ瀬はほとんど初対面であり、彼女は僕を失ったことなどないし、もちろん所有していものでもない。要求としても対価としても、冬月伊織は不適当だということ。

この矛盾は、いったいどういうことだろう？

星の涙はそういう願いも実は叶えてくれる石だった、ということか。

かもしれない。そう言われたら、そうだったんですかとしか答えようがなかった。

僕は僕の知っている限りのことしか、星の涙については知り得ないのだ。

そして星の涙に関する知識なんて、大半がこの街に流布する都市伝説の受け売りである。

仮に話自体が間違っていたとするのなら、全ての前提が覆ることもあるだろう。

とはいえ、少なくともこれまで都市伝説通りだったことは確かであり。

やはり星の涙が、失ったものを取り戻すために存在するものであるとするのなら――。


必然。

僕は以前から、天ヶ瀬まなつとは知り合いだったということになる。

幕間《まくあい》1『7月2日』

今日も、いつも通りの一日だった。

この書き出しから日記を始めることにも、いつの間にか私は慣れてしまっていたのだと思う。書き始めの頃は楽しかった日記の執筆も、気づけば惰性になっている。

——日記帳を閉じて、それから私は窓を開くと空を見た。

書くことなんて、何もない。

私の人生に特筆すべきことなんて何もない。

それでも、日記を書くことだけは、私はやめなかったのである。

いつかあの日記に、いつかみたいに書くことができる。たとえほんのわずかの間でも、毎日が楽しかったあの頃に戻れるんじゃないか。——なんちゃって。

そんな自分の諦めの悪さを、今日くらいは褒めてあげたい気分になる。

飽きっぽいくせに諦めは悪い、自分の性格を。

空に、流れ星が落ちていったのだ。

そう表現するのが、たぶん、いちばん近いんだって思う。

ホントウなら「昇っていった」って書くのが正しいんだろうし、実際はそうなんだろうけど、少なくとも私にとって流れ星とは落ちるものだ。

空から地面へ、涙みたいに。

あの光景を、いったい何人が見たんだろう。わからないけど、じゃあ丘に行こうなんて考えたのは、どうやら私だけみたいで。

七河《ななかわ》公園はいつも通り、誰もいない静かなところだった。

いつも持ち歩いている大切なお守りが、光り始めたのはそのときで。

星の涙。願いを叶《かな》える魔法の石。いつか拾ったそれを、ずっと慰めみたいに持ち歩いていたことが幸運だったのだ。きっと魔法が、私も使えるようになったんだと確信した。

だから願ったのだ。

話には、ずっと聞いていたのだから。

お願いします。

お願いします。

どうか、失われた大事な時間を、返してもらうことはできませんか——。

第二章『なんの変哲もないごく普通の「楽しい」一日』

1

「——おはようございます、伊織《いおり》先輩っ！　さあ、いっしょに学校へ行きましょう！」

最近、後輩という人種の中では朝からの不意打ちが流行《はや》っているのだろうか。

一夜明けて七月四日、木曜日。

天ヶ瀬《あまがせ》まなつは、朝から当たり前のように僕の自宅を訪れて言った。

だからなんで場所を知っているのかと。本当そこ、問い詰めていきたいです。

「なぜ僕の家を知っている？」

よって訊《き》いた。僕はそれを流さない。

とはいえ、天ヶ瀬が元から僕の知り合いなら、驚くことではないのかもしれないが。

「えー。彼女なんですから、家くらい知ってて当然だと思いませーん？」

と、天ヶ瀬ははぐらかすばかりで答えることをしなかった。

「お前なあ……」

僕は思わず額に手を当て、天を仰いだ。

天ヶ瀬のほうは、僕の態度が意に沿わなかったご様子で。

「な、なんですかその感じ！　せっかく迎えにきてあげたのに！」

「…………」

「な、何よ……、なんですかっ。別に迷惑はかけてないと思うんですけど！」

おっと。無言で見つめていたところ、天ヶ瀬の被《かぶ》っている猫が一瞬、明らかに崩れた。

昨日あれだけ素を見せておいて、今日また隠す意味も謎だが……流してやろう。

「確かに迷惑はかかってないが……そういう問題か？」

「そういう問題です！　かわいい彼女が朝から来て不満げとか、贅沢《ぜいたく》じゃないですか？」

よくもまあ自分で自分をかわいいと言えたものである。

似たようなことは灯火《とうか》もやっていたが、あいつの場合はすぐ自爆する。そういう意味で言えば、灯火のほうが与《くみ》しやすかった感じなのだが。

まさかあのぽんこつムーヴを懐かしく思う日が来るとは予想外だ。

……そういえば、灯火は迎えに来ないのだろうか。インターフォンが鳴らされたときはそれこそ、てっきりいつも通り、灯火が来たものと思ったが。

僕は息をつく。それから丁寧に、求められたのであろう突っ込みを入れた。

「だから、お前は彼女じゃないだろうっての。友達だろ、友達」

「――……、」

一瞬。そのとき天ヶ瀬《あまがせ》が、大きく丸く目を見開いて。

「どうした？」

「……いえ別に。伊織《いおり》先輩も、もったいないことするなー、って思っただけですー」

すぐさま、普段通りの様子に戻った。

……なんだ今の？　少し不思議に思ったが、天ヶ瀬はそのまま続けた。

「あとからやっぱり付き合いたいなんて言っても、もう遅いんですからねーっ、だ！」

――言わねえよ。

と、言うこともしなかった。胸焼けするほど甘ったるい、あざとい態度に目が回る。

「はあ……まあいいや、好きにしてくれ」

こいつが――天ヶ瀬まなつが僕の知り合いだったと仮定する。

しかし、僕のほうに記憶はない。星の涙がなんらかの理由で忘れさせているとするならお手上げだったが、今回その可能性は低いと僕は見ている。

理由としては、それでは時系列が合わないからだ。

僕が天ヶ瀬のことを恋人だと思い込んだのは七月三日、つまり昨日だ。とすれば、その前日の夜から翌朝にかけて――あの丘で灯火《とうか》と出会い、朝に贈り物をするまでの間――のどこかで、天ヶ瀬は星の涙を発動させたのだと推測できる。

それ以前、二日午前の段階で僕は、灯火を探して天ヶ瀬に出会っている。

そのとき僕は、天ヶ瀬を恋人だとは思い込んでいなかった（つまり星の涙が発動してはいなかった）上に、やはり天ヶ瀬のことを初対面だと捉えていた。

だとするなら僕は星の涙の効果如何《いかん》によらず、そもそも天ヶ瀬のことを知らない。

「どうかしましたか、先輩？　黙り込んじゃって。やっぱり惜しくなりました？」

考え込んだ僕に、天ヶ瀬が首を傾《かし》げる。僕は「なんでもない」と告げて、そのまま家を出た。――ひとまず考えるのをやめることにする。

なにせ星の涙のことだ。この論理ですら絶対ではない可能性もある。

「あれ。伊織先輩、もう出るんですか？　割と早く来たと思うんですけど、わたし」

「準備は済んでるからな」

もっと早くから突撃してきた奴《やつ》もいる。

それに慣れてしまえば実際、この程度は余裕と言ったところだ。

僕はスマホを取り出し、灯火にメッセージを送っておく。

『今日は天ヶ瀬と出るから、家に来ても誰もいない。念のため』

既読は、珍しくすぐにはつかなかった。

となるとたぶん、まだ起きていないのだろう。少し迷ってから、追伸を送っておく。

『寝坊はしないようにな』

それからスマホをしまって、天ヶ瀬に向き直って言う。

「待たせた。じゃあ行こう」

「誰に連絡してたんですか？」

ふとそんなことを問う天ヶ瀬《あまがせ》。僕は間髪容《い》れずに、しれっと答える。

「女」

「ああ、なるほど。伊織《いおり》先輩のお母さんのことですね。また見栄《みえ》を張っちゃってー」

たぶん失礼なリアクションなのだろうが。

まあ、そういうことにしておこう。……狙ったし。

「先輩って友達少なそうですよねー」

「……昔はそうでもなかったぞ」

これは事実だ。まだ星の涙と関わっていなかった頃、僕には多くの友人がいた。流希《りゅうき》の影響が大きいのだろう、これでも人と関わることに積極的だったのだ。

それこそ名前も覚えていない、一度会ったきりの相手だって少なくない。もしその中に天ヶ瀬がいるのなら、思い出すことは困難を極める。

「なるほどなるほどー。確かに、そうなのかもしれませんねー」

笑顔の天ヶ瀬。

その裏に、いったい何を思っているのか。僕にまだ窺《うかが》い知れない。

2

言うまでもないと思うが本来、学校へ行くまでの道に大した事件など起こり得ない。

それは確率や可能性の話ではなく、登下校とはつまり日常であるという話で。

要するに、何か起こるようだったらそんなものは日常ではないということ。僕は学校に行くという程度のことに、とりたてて面白さや物珍しさというものを求めていない。

一方、いっしょに歩いている天ヶ瀬は意見を異にしているらしく。

「んーっ、いい天気ですねえ。ねえ先輩っ！」

伸びをするように上体を反らし、天ヶ瀬は全身に陽《ひ》を浴びる。

その言葉の通り、気温は少しずつ上がってきている。夏も間近というか、なんならもう夏というか。ちょっと気を抜くと、数日前とは比較にもならない暑さに襲われる。

「もうすぐ夏休みですねー。伊織先輩は何か、夏休みにやりたいこととかありますか？」

「ほう……」

天気の話題から別の話題へ展開できるとは興味深い。これがコミュニケーション能力のある人間というヤツか。なんて、割とどうでもいいところで感心してしまった。

なにせ愛嬌《あいきょう》ってものが欠片《かけら》もない僕だ。そのせいで無駄な苦労を買っている気もする。

「いや、これといった予定はないな」

「そんなバッサリいかれたら会話が続かないんですけどー」

現にこれだ。天ヶ瀬《あまがせ》はつまらなそうに唇を尖《とが》らせた。無理もないと思う。

しかし、ないものはないのだから、それも仕方がないというか。

「夏休みだ、楽しもうっ！　とか、伊織《いおり》先輩もそういうテンション発揮できません？」

「……夏休みは少しバイトしようかな、とは思うが……それ以外は」

「へえ、バイトですか。ちょっと意外ですけど、労働は悪くないですね。でも接客以外でいったい何するんですか？」

「なんで接客の選択肢を初手で切り捨ててるんだよ」

「絶対ムリじゃないですか。それとも、本当に接客をやるんですか？」

……まあ、確かに違うけれども。

言い切られるのも、ちょっと釈然としなかった。

「知り合いに怪しいおっさんがいて、たまに仕事をくれるんだよ。ちょっとした手伝いだ」

「……や、なんかめっちゃ怪しいんですけど……」

確かに怪しい。自分で言っててなんだが。

とはいえ、僕だって何も法に触れることはやっていない。と信じている。

「そういう天ヶ瀬は、何かバイトとかやってるのか？」

「んー、バイトっていうか。実はわたし、これでもモデルとかやってるんですよ？　読モって言えばわかりますかね」

天ヶ瀬は少し自慢げに言った。

ふむ、なるほど。そうか。

「よくわからないが、それはすごいな」

「いや、よくわからないって言っちゃってますし……別にいいですけど。そんな有名って
わけでもないので。それこそ、感覚的にはバイトって感じです」

「ふぅん……でもモデルって言うくらいだし、写真に撮られて本に載ったりするんだろ」

「まあ、一応は」

それなら充分、誇れることなのだろう。得意げだった意味もわかる。

しばらくそのまま道を歩いた。だいたい二分くらい経《た》った頃、天ヶ瀬が僕を睨《にら》んで。

「いや、てか話終わりなんですか？」

「僕に話の盛り上げを期待されても困るんだが……」

「……まあいいですけど。とにかく、てことは伊織先輩、夏は暇なんですね？」

「何を聞いてたの。バイトするって言ったよね？」

「それ業界用語では暇って意味ですから」

どこの業界なんだろう。どこの業界だとしても知ったことではないのだが。

だって、僕はその業界に所属してないからね……。基本どこにも帰属できないから。

ちょっと落ち込む僕を尻目に、天ヶ瀬《あまがせ》は言う。

「バイトでお金も入って！　時間もめいっぱい使えて！　つまり先輩とは夏休み中、遊び放題ってことじゃないですか。なんならその言質を取ったまでありますねー」

「……要するに、夏休みも付き合えって言ってる？」

「昨日、約束したじゃないですか。わたしが飽きるまで付き合ってもらいますよ？」

確かに約束はしたが、だからって無限に付き合ってはいられない。

これは、あくまで天ヶ瀬が星の涙を捨てるまでの約束である。

「先に期間を決めないか？」

そのために提案する僕だったが、天ヶ瀬は首を振って。

「嫌ですけど。契約を結んでから後出ししないでくださいよ。そんなの業界では通じないですから」

契約て。

「業界は知らんが……そう言われると弱るな。いや、だからっていつまでも約束を守らず振り回されるわけにもいかないからな」

「わかってますって。ちゃんと満足したら星の涙はお渡ししますよ。信用ないですねー」

「別に信用してないわけじゃ……うん、いやまあ……まあ信用は実際してないけど」

「ひどっ！　言い淀《よど》んでおいて結論してない！」

むくれる天ヶ瀬。いや、むしろ何を根拠に信用されると思ってたんだよ。

「単に、楽しく過ごしたいだけなんですよ、わたしは。悪いコトなんて企《たくら》んでません」

天ヶ瀬は言う。似たようなことは、確かに昨日も言っていた。

単に楽しく過ごしたいだけ。自分が星の涙に望むのはその程度だと。

「言う割に、昨日は灯火《とうか》に喧嘩《けんか》吹っかけてた気がするが」

僕の指摘に、天ヶ瀬は目を見開いて、それから。

「って嫌だなあ。あんなの、女子的には喧嘩のうちにも入りませんよ、まったくもう！大袈裟《おおげさ》ってもんです」

「そういうもんか……？」

「そういうもんです。そんなことより！」

天ヶ瀬は強引に話を打ち切って。

ぴっ、と人差し指を、僕に向けてからこう言った。

「伊織《いおり》先輩は私に協力をする。それが契約です。難しいことなんて何もないんですから、アタマ空っぽにしてきましょうよ。ほらほら、友達なんですから。ね？」

「…………」

天ヶ瀬がいったい、僕に何を求めているのかなんて、わからない。

だから彼女の言葉を信じるしかない。信じるしかないのに、信じられないでいる。

——小さな女の子の泣き声が聞こえてきたのは、ちょうどそんなときだった。

「ぐす……っ、ひ……っ!」

と、泣きじゃくるような、それを堪《こら》えるような嗚咽《おえつ》が響く。

ここが閑静な住宅街じゃなければ、危うく聞き逃してしまいそうだった。

「……伊織《いおり》先輩」

天ヶ瀬《あまがせ》は僕を見上げた。彼女も今の泣き声を聞き取ったのだろう。

顔を見合わせて、数秒後に僕は言った。

「そこの公園から聞こえるよな。行ってみよう」

「……、」

なぜか天ヶ瀬は、即答はしないで。

少しの間があってから、どこか冷たい視線を僕に突き刺した。

「……伊織先輩って、確か学校では、ナントカってあだ名がありましたよね?」

知ってたのか。いや、灯火《とうか》でも知っていたことを、天ヶ瀬が知らないはずもない。

だが別段、これは自身の冷酷を否定しない。僕は肩を竦《すく》めて、

「確かに僕は冷たい人間だが」

「……はあ」

「別に、一度しか会わない人間にまで、わざわざ冷たく振る舞う必要、ないだろ」

これは極めて論理的な話だ。単に僕は、自分以外の何かに肩入れしたくないだけ。その心配がない相手にまで、氷点下を気取る必要はないのである。

とてもロジカルに告げた僕に、天ヶ瀬は数秒黙ってから、溜息《ためいき》と共に言った。

「どうでもいいですけど、今の言い訳、超ダサいですね」

3

公園の入口に向かう。

住宅街の隙間にひっそりと存在するような、あまり広くはない公園だった。実際、通学路の途中にあるというのに、今までほとんど意識したこともない。

それでも近所の子どもたちにとっては、貴重な遊び場なのだろう。大した遊具はなく、砂場がひとつに、回転する謎の椅子くらいしかないが、置き忘れたらしきボールなんかが水道の近くに転がっていた。

そして公園の中には、赤いランドセルを背負った少女がひとり、泣き顔で佇《たたず》んでいる。

小学校の、おそらくは二、三年生だろう。さきほどは大きな泣き声が聞こえたが、今は唇を引き結んで嗚咽を噛《か》み殺している。視線が、何かを求めるように揺れていた。

「迷子とかですかね」

あまり興味もなさそうな調子の天ヶ瀬《あまがせ》。さて、どうだろう。

確認するために、僕は少女へ声をかけようと公園の中に足を踏み入れ――、

「――――――っ!?」

ようとした瞬間に強烈な悪寒が背筋を貫いていった。

歩みが止まる。体を動かせない、いや、動かしたくない――そんな強迫観念に襲われて身じろぎもできなくなった。自分自身の肉体を、自分の意志では動かせない。

違う、その意志そのものがさきほどとは正反対を志向しているのだ。

――この公園には入りたくない。

理由なんてない。恐ろしいのでも嫌悪があるのでも面倒なのでもない。

ただ、入りたくない。

今この公園に足を踏み入れるという行為だけは何があろうと絶対にやりたくない。

そんな抗《あらが》いがたい抵抗感が僕の行動を縛っていた。

公園へ踏み入ろうとした瞬間に、いきなり硬直したせいで僕は前につんのめる。傍《はた》から見れば間抜けだろう姿を見て、天ヶ瀬は不審そうな表情でこちらを見上げた。

「先輩？　……いったい何してんですか」

「……わからない」

「はい？」

「わからないが、なんだか知らんがこの公園には入りたくない」

「……は？」

確かに、客観的に見れば今の僕は無茶苦茶《むちゃくちゃ》だろう。

僕は天ヶ瀬の顔を見た。

「……え？　待って、それ……」

彼女も今、何が起きているのか察したらしい。少なくともそう見えた。

演技ではない、とは思うが彼女の演技を見抜けないのは証明済みの事実。仮にとぼけているのだとしても、僕はその事実を窺《うかが》い知れないだろう。

だが、こんなにも急激な理不尽、出どころなんて限られている。

「……星の涙の効果だな」

少しだけ。言うか言うまいか迷ったが、僕は結局その推測——いや、断定を口にした。

「お前じゃないのか？　じゃなきゃ、こんなことにはならないと思うんだが」

「そ、そんなこと言われたって……私はっ」

言い淀《よど》む天ヶ瀬。まあ確かに。

彼女の願いが《冬月伊織《ふゆつきいおり》が公園に入りませんように》では、意味不明にも程がある。

だが、これが天ヶ瀬の星の涙によるものでなければ、ほかにいったい何がある？　僕が急に公園に入れないトラウマに目覚めたとでもいう気だろうか。それこそ納得できない。

そういうものではない。

この《公園に入りたくない》という意志が、自分のものだとは僕には思えない。

「……、」

「ちょ……先輩!?」

僕は無理やり、公園の中に自らの肉体を投げ出そうとしてみる。

ありったけの力を込めて、倒れ込んでもいいと全身を前に。

だが肉体は僕の言うことを聞かない。植えつけられたような《意志》に逆らおうとするせいか、徐々に吐き気すら込み上げてくる始末だ。僕は咄嗟《とっさ》に口許《くちもと》を押さえた。

――頭が、痛い――割れるようだ。

「な、何してんの、バカじゃないの……っ!?」

これには横合いにいる天ケ瀬《あまがせ》が、面食らったように叫んだ。

さすがに、公園の入口でうるさくしていたせいだろう、中の少女もこちらに気づいて、不思議そうに首を傾《かし》げ始めた。どうやら、僕らが喧《やかま》しくて泣き止《や》んだらしい。

……そりゃいい。そのままこっちに来てくれればさらに好都合だね。

「ねえ、顔真っ青だよ!? や、やめたほうがいいって……!」

「……嫌、だね……僕は、僕が決めたことは、やる。ほら、見ろよ。足震えてきた」

「無理するから……っ」

「いやいや。無理すれば足は震えるのがわかったんだ。もっと無理すれば、中に動かせるかもしれ……っ、う——、づ……っ」

　再び口を押さえ込む。

　危なかった。今ちょっと胃液が喉元辺りまでは来ていた。

「あぁ……うわ吐くかと思った。あー……よし、もう大丈夫だ。なんとか堪《こら》えた」

「む、無理しすぎだって！　ねえ、下がったほうが——」

「知るか。あんなもんにこれ以上、僕の意志を捻《ね》じ曲げられて堪《たま》るかよ。入ろうとすると体調が悪くなるってんなら、逆を言えば体調と引き換えに入れるかもだろ」

「……なんで、そこまで……」

　理解できないという表情で、天ヶ瀬は僕から一歩、身を引いた。

　だが僕だって、別に目の前の少女を助けるために体を張っているわけではない。こんな予想外が起きた時点で、目的なんて変わっているのだから。

　ただ、捻じ曲げられたくないというだけなのだ。

　誰の願いだろうとなんの対価だろうと、僕の知ったことではない。その全てを踏み躙《にじ》ることになったとしても、僕は、もう自分が星の涙に振り回されることだけは認めない。

「わかった！　わかったから落ち着いて！」

　と、そこで天ヶ瀬がそう叫んだ。

僕は彼女を見る。天ヶ瀬《あまがせ》は酷《ひど》く呆《あき》れたような表情で首を横に振って、

「私が、あの子を呼んでくる。入らなければいいんでしょ」

「……天ヶ瀬」

「ったく、信じらんない……！　なんなの。絶対おかしいって……」

吐き捨てるように呟《つぶや》き、天ヶ瀬はそのまま公園に入っていく。その表情は、呆れ以上に怒りを孕《はら》んでいるようだった。

ともあれ、やはり公園に入れないのは僕だけで、天ヶ瀬は違うらしい。——と、
そこで僕は、つい今し方まで自分を苛《さいな》んでいた抵抗感が、消えていることに気づいた。

「あれ……」

不思議に思いながらも一歩、公園に足を踏み入れる。

なんの抵抗感もない。僕はごく普通に、公園の敷地に入ることができていた。

消えている。

さきほどまでの、精神が軋《きし》むような抵抗感が全て、跡形もなく。

「……わけがわからん」

思わずそう呟いてしまったとしても、無理からぬことだとご了承頂きたい。

どういうことだ。いったい自分に何が起こっているのか、さっぱりわからない。

……まあ解決したのなら、ひとまずいいだろう。

いいか悪いかで言えば少なくともよくはないのだが、それでも一旦忘れることにして、僕は天ヶ瀬の後を追って少女のほうへ向かう。

目の前では、少女の正面にしゃがみ込んだ天ヶ瀬がひきつった声で、

「えー……っと。こ、こんにちはー……？」

なんか不器用に話しかけていた。

意外だ。こういうことは器用にこなしそうな奴《やつ》だと思ったのだが。

僕もその横に並んで、少女に視線を向ける。

「先輩!?　ちょ、なんで入って……」

「なんか急に治った」

「はあっ!?」

「いいだろ別に問題なくなったんだから。それより――」

視線を少女に戻す。特に見覚えのない女の子であることは、たぶん間違いない。

そもそも小学生の知り合いなどひとりもいないのだから当然なのだが。まあ僕の場合、実のところ自分の記憶がだいぶ信用できないため、確たることは言えなかったりする。

「あー……どうも。ええと、何か困ってることがあるなら――」

僕は、僕にできる最高の愛想とともに、少女へと声をかけた。

その瞬間、ランドセルの女の子は怯《おび》えたように肩を震わせ、その片手をランドセルの横

側に素早く走らせる。

なんだ？　と疑問に思うのも束《つか》の間《ま》、少女は体を引きながら僕に向かって。

「な、なんなのですか。こころはとてもかしこいので、悪い人には騙《だま》されないですよ！」

そう言った。

そう言いながらランドセルにつけていた《もの》を外して、こちらに突きつける。

見覚えはあった。

それはホルダーでランドセルにつけられている警報器、いわゆる防犯ブザーだ。下部についている紐《ひも》を引っ張れば、警報が大音量で鳴り響いて周囲に窮地を報《しら》せるのだろう。

朝の住宅街である。

これが鳴れば、周りのご家庭から誰かしらは飛び出してくるだろう。

「おっと予想外に社会的窮地。どうする天ヶ瀬《あまがせ》、ピンチだぞ」

「そんな怖い顔で、さっきまで呻《うめ》いてた人が近づいてくれば当然でしょ……」

「ばかな」

僕は笑顔で声をかけたはずだ。

……違ったのかな。表情筋が動かなすぎて、失敗していたのかもしれない……。

「待て、落ち着いてくれ、小学生。僕は悪い人間じゃない」

「小学生て……」

天ヶ瀬は突っ込み、そして少女は答えた。

「悪い人は、みんなそう言うのです。悪い人ほど、天使の顔をしていると教わりました」

誰だよ。こんな小さな女の子に、そんな適当なことを吹き込んだ奴《やつ》。

今すぐ出てこい。出てきて、できればついでに助けてくれ。

「……まずい、天ヶ瀬。めちゃくちゃ警戒されてる」

「なんでされないと思ったんですか？」

「いや、そこまで言うなら助けてくれよ……」

「先輩って、実はバカですよね」

後輩に呆《あき》れられてしまった。

困っているから助けようとしただけなのに、なんて生きづらい世の中だろう。

釈然としない。

なんとなく不満に思っていると、そこで天ヶ瀬が息をつき、少女に向き直って。

「大丈夫、気にしなくていいわよ小学生」

「小学生て」

僕の突っ込みは無視された。天ヶ瀬はあくまで、笑みのまま続ける。

「このお兄ちゃんは、別に悪い人じゃないから」

「信用にあたいしないお顔をしています」

酷《ひど》くない……？　いや、いいけどさ。

やはりなんとなく釈然としない僕を尻目に、天ヶ瀬《あまがせ》は。

「ほら、そこよ、そこ。さっき自分で言ってたでしょ」

「……？」

「悪い人ほど天使の顔だって。この人が、天使の顔に見えるの？」

「……、はっ！」

少女ははっとして（というか言って）僕を見た。

そして。

「たしかに。なるほど、とてもなっとくさせられましたね。さくしですか？」

……納得されてしまった。僕も呆然《ぼうぜん》とせざるを得ない。

そんなこちらに振り返った天ヶ瀬は、何やら非常に腹の立つ嫌らしい笑みで。

「だってさー。よかったねー、先輩。顔が悪魔で」

僕はこう答えた。

「そういう天ヶ瀬こそ、被《かぶ》ってる天使の皮が脱げてるが大丈夫なのか？」

「――なっ、」

意表を突かれたのだろう、天ヶ瀬は咄嗟《とっさ》に片腕で口許《くちもと》を隠す。

「別に、僕に対していい子ぶる理由もないだろうに。もうとっくに、昨日の段階で正体はバレてるんだから」

「……っ、う、うるっさいなあっ！　先輩、そゆとこホントに性格悪いっ!!」

「お前にゃ劣る」

「いーえ！　だいたい伊織《いおり》先輩に、私の正体がわかってるとか言われたくないからっ！」

そんなふうに叫んで、顔の赤さを誤魔化《ごまか》す天ヶ瀬は。

——不覚にも、なかなかにかわいらしかった。

4

少女は名を、三輪《みわ》こころと名乗った。

「さんねんせいなのです。したしき者は《こころちゃん》とわたしを呼ぶでしょう」

とは当人の談で。大人ぶっているつもりなのか、なんだか口調だけは固い女の子だ。

まあ、愛らしい背伸びだと言っていいのかもしれない。声は年相応なので、ちぐはぐな感じを受けるけれど、それも愛嬌《あいきょう》と言えよう。

「で、どうして学校行ってないワケ？」

僕の代わりに天ヶ瀬が訊《たず》ねる。天使を被るのは諦めたらしい。

当の僕はといえば、事案と見做《みな》され当局のご厄介になる羽目を防ぐため、こころ少女の半径二メートル圏内への接近を（天ヶ瀬《あまがせ》に）禁じられていた。

別段まあ文句はない。

実際、僕の如《ごと》き氷点下男が女児の近くにいるとなれば、付近を通りかかる善意の父兄に要らぬ心配を与えかねない。外面は少なくとも天使である天ヶ瀬に、中和してもらおう。

「ひとさがしです」

果たして、問いにこころ少女はそう答えた。

「人探しって……誰を？」

首を傾《かし》げる天ヶ瀬に、ふんす、となぜか自慢げに少女は胸を張って。

「ぱっちーです」

「……誰て？」

天ヶ瀬は首を傾げたが、僕のほうは《パッチー》を知っていた。

つい先日、灯火《とうか》が着ていたパジャマのキャラクターだ。……たぶん人ではない。

「失《な》くしたのか？」

だから、僕はそう訊《たず》ねる。声をかけるくらいは許してほしい。

おそらくキャラクターもののグッズか何かを、この公園で落としたのだろう。

この推測は当たっていたようで、こくりと無表情に少女は頷《うなず》き、

「昨日、砂場のところで旅に出てしまったのです。ゆめを見つけたのかもしれません」

どうして詩的に表現をするのだろう。

最近の小学生は、意外と侮れない語彙力をお持ちだった。

「ですが、朝になりましたので。ゆめから、さめる時間なのです」

「……何言ってんのか、ぜんぜんわかんない……」

呆《あき》れたように口許《くちもと》をひくつかせる天ヶ瀬だが、そうか？　と僕は軽く笑う。

「昨日、遊んでるうちに《パッチー》の人形か何かを落としたんだろ。で、今朝になって探しに来た。――そういうことだろ？」

こころに確認する。

彼女は、妙に表情の乏しい顔で。

「しっけいですね。旅に出ようとするだんじの、背を押さぬこころではありません」

「……、な？　あってただろ？」

「わかんないけど、否定されてなかった今……？」

失くした、とは言いたくないんだろう。たぶん。僕も若干、自信なくなってきたが。

僕は砂場のほうに向かい、それから少女に向き直って。

「この辺りで失く……あーっと、旅に出たってことでいいんだよな、パッチーは」

「さばくのおくにはおたからがあります。前にえいがで観《み》ましたので」

「なるほど。この砂の中には宝が埋まってるわけだ。パッチーもがんばるもんだな」

「いっぱつせんきんなのです」

「一攫《いっかく》だな、それは」

「得だな、まいぞーきん」

「……徳川か？　誰から教わってんだろうな、そういうの……」

「ひらけ、こら」

「ゴマだって強制されたらやる気なくしちゃうぞ……っと、それよりも」

なんか面白い少女なので、危うく結構気に入りかけてしまったが、それはよくない。

善行は一過性に限る、というのが世の真理だ。さっさと探し出してしまおう。

僕は砂場に入り、それから天ヶ瀬《あまがせ》に向き直って言った。

「悪いが少し待っててくれ。このままだと遅刻するし、先に行くってんなら引き留《と》められないが、小学生の女の子とふたりきりってのもな。証人になってくれれば礼はするぞ」

「……わざわざ探してあげるワケ？」

眉を顰《ひそ》めて、天ヶ瀬は言う。何を今さら、という問いだが、素直に答えた。

「乗りかかった舟だろ。ここまで訊《き》いておいて帰るほうがおかしい」

僕は正論を言ったつもりだったが、なぜか天ヶ瀬は納得していないような顔だ。

まっすぐ、彼女は僕を見つめている——なんなら睨《にら》んでいる。

ここで僕が、見ず知らずの少女のために時間を使うなんてことが、まるで異常だとでも言わんばかりの視線。いや、普段の評判を考えれば、当然の反応かもしれないけれど。

しばらく僕を見つめていた天ヶ瀬は、やがて大仰に溜息《ためいき》をついてから。

「――大きさ。どのくらいなの」

砂場へとやって来て、こころに訊いた。

実に嫌そうな表情なのに、どうも立ち去るという選択肢は持っていないらしい。

こころは、ぽやぽやと答える。

「抱えきれないくらいにおおきな」

「はあ？　そんなもん、さすがに砂場の中にはないって――」

「そんなぬいぐるみが欲しい、今日のわたしです」

「訊いてないっつの！　なんだこの小学生!!」

「パッチーはこれくらいです」

実にマイペースに、こころはジェスチャーでサイズを示す。

だいたい小学生の手のひら大で、かなり小さい。キーホルダーか何かだろうか。

もし本当にこれが砂場に埋もれているなら、探すのはだいぶ骨だろう。見ればこころの両手も汚れている。探し続けて、それでも見つからなかった――だから思わず涙が出た。

天ヶ瀬は、僕の隣にしゃがみ込む。

「……面倒見がいいな」

「別に。つか私、ホントは子どもとかそんな好きじゃないから」

だとすれば、面倒見がいいことの傍証でしかないだろうに。僕は思わず苦笑した。

「……なんで笑ってるワケ？」

「いいや。それより巻き込んで悪かったな」

「……それは、別に。いいけど」

「でも、砂場はいいよ。制服や爪が汚れるだろうし。お前はほかの場所を探してくれ」

砂場に落とした――というのはこころが言ったことだが、正確だとは限らない。

落とした瞬間に気づいていれば、そのとき拾えばいいだけの話。だが落とし物とは基本的に、落とした瞬間に気づかないから失《な》くす羽目になるものだ。

おそらくこころは、家に帰ってから失くしたことに気づいたのだと思う。だから今朝になってから探しに来た。昨日、この公園の砂場で遊んでいたから、落としたとすればここだと当たりをつけただけなのだろう。――つまり、見つからない可能性だってある。

「一応、辺りにないか、念のためにな。そっちは任せた」

言って、僕はさっそく手で砂場を掘り始める。

天ヶ瀬《あまがせ》は数秒だけ僕を見ていたが、結局は何も言わずに公園の端へ向かって行った。

――失ったものを取り戻すために、必要なものとは果たして何か。

それは決して、願いを叶《かな》える奇跡の石なんかではない。この両手と、意志さえあれば、それで充分だと思うのだ。

別に、そのために探しているだなんて言わない。こんなものは偶然の成り行きだ。

けれど今、天ヶ瀬の目の前で、探すことには意味があると僕は思った。

爪の間に砂が入り込む、わずかな感触とともに砂場を掘り返す。そんな僕の真横まで、とてとてとこころが歩いてきた。

しまった、半径二メートル以内に入り込んでしまった。ブザーはやめてねマジで。

「……かえってきますか？」

そう問われる。僕に、そう訊《たず》ねてきた。

現実的なことを言えばわからない。砂場どころか、この公園の中にはない可能性だって十二分に考えられた。その場合、パッチーとの再会は非常に困難を極める。

安易に見つかるだなんて、答えることは僕にはできない。相手が小学生だろうと。

「大事な友達なのか？　パッチーは」

だから、代わりにそう訊ねる。

こころは僕をまっすぐに見て。

「……あやしいお兄さんはお人形とお友達になれるのですか？」

「どうしよう、想定外の角度から心を抉《えぐ》られている」

お人形とお友達になれるなんてすごいね！　的な小学生らしい感動であってくれ。

いい年して人形と友達とか何言ってるの？　的な小学生らしからぬ罵倒は応える。

「パッチーは、えりちゃんからもらったものなのです」

小学生に不安にさせられていると、そこでこころが零《こぼ》すように呟《つぶや》いた。

「……えりちゃん、ってのはクラスの友達とかか？」

「同じクラスだと嬉《うれ》しかったのです」

「クラスは違うんだね、なるほど。でも同級生なのか」

「えりちゃんは四年生です」

「君はわからんね本当」

天ケ瀬《あまがせ》にはああ言ったが、僕も結構、こころが何言ってるのかわかっていない。

まあ要は、ひとつ上の学年の《えりちゃん》からの贈り物なのだろう。

——大事なものだという、ことなのだろう。

「なら、がんばって探してやろう。今日は特別サービスだ」

絶対に見つけるとは答えてやれない。

いつだって、願いとは叶わないかもしれないものなのだから。

僕にできる約束は、だから、ただ僕が全力を尽くすだけという——なんの根拠も保証もない、吹けば飛ぶような約束だけだった。

「……あやしいお兄さんは」

と、こころは言った。

なんだ？　と問い返す僕に、どこまでも淡々と。

「実は、やさしいお兄さんだったのですね」

「……その評価は早いな、こころ。天使みたいな素振りをしてる奴《やつ》ほど、悪魔なんだろ」

「……？　だからお兄さんは安心さんですよ？」

さいですか……。

それ、ぜんぜん褒めてないと思うんですけどね。ていうか貶《けな》してますよね……。

「まあ……それならよかったよ」

僕はかなり傷ついたが、うん。いいならいいや、もう、なんでも。

自分が天使だと言い張るつもりも別にない。

「──先輩っ！」

と、以降は無心で砂を掘ろうと決意した僕に、天ヶ瀬の声が届いた。

手を止めずに、声だけで僕は訊《き》き返す。

「なんだー？」

「ねえ。その子が失《な》くしたのって、これなんじゃない？」

「──見つけたのか？」

その言葉に僕は振り返った。

立ち上がり、とてとてと天ヶ瀬《あまがせ》のほうに駆けていくこころの後を追う。

「これ。——そこの看板の上で見つけたんだけど」

言って天ヶ瀬が指差したのは、公園の入口脇にある、丸太を立てたような看板だった。

地面に突き刺さった丸太の側面が削られており、平らになった部分に《流宮《ながれみや》第一公園》と刻まれている形だ。その看板の上に、小さなキーホルダーが乗せられている。

見覚えのある、なんとなく不安になるフォルム——パッチーだった。

「……これがこころのであってるか？」

そう訊《たず》ねた僕の言葉を、こころは聞いていなかった。

「わあ……！」

手に取って見せた天ヶ瀬に、少女は瞳をキラキラ輝かせて、笑った。相変わらず無表情な小学生だったが、溢《あふ》れる喜色はひと目でわかる。

勢いきって迫ってくる小学生を前に、天ヶ瀬はつまらなそうに鼻を鳴らして。

「ったく……探せばすぐ見つかんじゃん。面倒臭い」

小声で、零《こぼ》すように呟《つぶや》く天ヶ瀬。

わずかに耳を赤くして、顔を背ける姿が——照れ隠しに見えるのは気のせいだろうか。

「はい。——もう失《な》くすんじゃないわよ」

天ヶ瀬が手渡すパッチーのキーホルダーを、こころは受け取って笑みを零す。

「こんなところにいたとは。くぅ、ふかくです……」

小学生っぽいんだか違うんだかわからないことを呟くこころ。

まあ言う割に嬉《うれ》しそうな笑顔を隠せていないところは、やはり年相応なのだろう。

僕もそちらに近づいて、言葉を作った。

「こころの身長よりは高いからな、この看板。見えなかったんだろう」

「ああ……」

納得したように頷《うなず》く天ヶ瀬。

誰かが拾って見つけやすいところに置いておいてくれた、と言ったところか。こころの身長が足りなかったせいで、逆に見つけにくくなったわけだが、まあ壊れずには済んだ。

結果的には、砂場を掘り返す必要もなかったわけだ。

「――ありがとうございました」

大事そうにキーホルダーを握り込んだこころが、僕らに向かって頭を下げた。

うん、お礼を言えるのはいいことだ。ご両親の薫陶が行き届いているものと見える。

「どういたしまして……と言っても、結果的には役に立たなかったが」

僕は軽く言い、

「次からは、失くしたことを人に言いなさいよ……まったく」

天ヶ瀬はぶっきらぼうな忠告をした。

こころは天ヶ瀬《あまがせ》を見上げて、

「旅……」

「それはもういい！」このふたり、もしや相性が悪いのだろうか。「先輩も。終わったんだから、さっさと学校行かないと本当に遅刻しちゃうでしょ。ああもう面倒臭い……！」

「ん、ああ、そうだな」

思いのほか捜索も早く終わった。これならまだ、始業のチャイムには間に合うだろう。

僕はこころに向き直る。

「というわけだ。僕たちも学校に行く。こころも学校あるだろ。大丈夫か？」

「ところで、しんせつなお兄さん。ひとつおねがいがあるのですが」

「――――、何？」

質問をすっ飛ばして急にお願いとか言い始める小学生。

なかなかにいい性格だ。この先の展開を予感して、内容を訊《たず》ねた僕に、こころは。

「学校まで、おくってください」

「…………」

「いつもはしゅうだんとうこうですゆえ」

「…………」

「ひとりはきけんだと、いちやを外であかしたぱっちーも、言うことでしょう」

僕は隣を向いて。

「天ヶ瀬」

「聞きたくない」

「遅刻決定」

「図々《ずうずう》しい小学生だなあ！」

その辺はお前も大概だろうと思うし、

「おほめにあずかりえいこうです」

「光栄！　いや、光栄でもないわ褒めてない！　もう、なんで今日に限って……うー！」

ならついてこなければいいのにとも思うのだが。

僕はもう、それを言葉にはしなかった。

5

結局、僕らは一限目には間に合わなかった。

「もう急がなくてもよくない？　こんなタイミングで教室入るの嫌なんだけど……」

「……一理あるな」

それなりに早足だったが、疲れてきたし、ちょっと開き直りたくなっている。

いや、こころの学校は近かったのだ。

問題は着いてからで、小学校の集団登校にこころがいないことが教師たちにも伝わっていたらしく、すでに保護者にも連絡が向かっていたとのこと。

そこに平然と、こころを連れてやって来る、見るからに怪しい男子高校生と、見た目のチャラい女子高生。すわ何ごとか、と事情聴取を受ける羽目になったわけだ。

まあ、勝手に連れ出したのどうこう疑われなかっただけ幸運だろう。

むしろ、しきりに礼を言われてしまった。

小学校から連絡を受けたこころの母親が向かって来ており、「ぜひ礼がしたいから」としばらく待つように頼まれてしまったのだ。いや、もちろん固辞はしたけれど。

結果を言えばできなかった。

今どき見上げた子じゃないか云々《うんぬん》と、いらない気を利かせた教員のひとりが「君たちの高校にはこちらから連絡を入れておくから大丈夫だ！」と言ってくれてしまったのだ。

僕も、天ヶ瀬《あまがせ》も、大人に囲まれて褒めちぎられては、さすがに断りにくい。

結局「事情があるから遅刻扱いにはしない」と高校からの返事もあり、そのままなんと応接室でお茶をご馳走《ちそう》になってしまった。

なんだろうね、この展開？

その後、やって来たこころの母親に何度も礼を言われ、何かお礼がしたいという提案を必死で遠慮しまくった。向こうも食い下がったのだが、そのときたまたまスマホに着信があったため、それを理由に逃げ出したのである。生贄《いけにえ》として連絡先を提示して。

うーん……あんまり縁を作るのは正直、僕の本意ではないのだけれど。

この場合は仕方ないだろう。向こうも一応の礼儀として言っているだけだろうし。

——ちなみに、着信は灯火《とうか》からだった。

『どういうことですかっ！　わたしが寝坊している間にいったい何が⁉』

「寝坊だったのか。っと、それよりいいところに掛けてきてくれたな。助かったよ灯火」

『へ？　はあ……それならいいですけど。いや違うよくないっ！』

「何言ってんだ？」

『こっちの台詞《せりふ》なんですけどぉ！　さっきのメッセージ、あれはいったい——』

「ああ、うん。今ちょっと天ヶ瀬といっしょでな」

『はああああああああああああああああああああっ⁉』

「うっさ！　声でけえよ……おい、勘違いするなよ。ただちょっと、小さい女の子がだな」

『子どもぉっ⁉　まさかっ、う、うまっ……生まれたんですかっ⁉　おめでたっ⁉』

「……………ごめん電波がちょっとアレだわ」

『いやちょっ、待っ、せんぱ——』

そこまでで僕は通話を切った。

どういう勘違いだ。物理的にあり得ないだろうが。

説明するのが面倒になって、僕は以降、スマホの電源を落とした。

それから小学校を出て、通学路に復帰したわけである。

「ねえ、やっぱサボらない？　いいじゃん、今日はいいコトしてきたんだし」

学校の目前まで来てなお、天ヶ瀬《あまがせ》はそんなことを言う。

「無理だっての。学校に連絡行ってんだから。わかってんだろ？」

「わかってるけど……なんかなあ。こういうのじゃないと思うのにな……」

さきほどから天ヶ瀬は、何かが釈然としない様子で、しきりに首を傾《かし》げている。

「どうしたんだよ、さっきから。何が不満なんだ？」

「不満ってわけじゃないけど……てか、先輩こそどうなの？」

「どうって」

「普段からこんなことしてるワケ？　それって楽しいの？」

「…………」

問いへの答えはともかく。

楽しい――。

彼女は楽しいかどうかを強く意識している。これはひとつのキーワードだ。

これを掘り下げれば、あるいは天ヶ瀬の目的に迫れるかもしれない。

「別に楽しいわけじゃないが。楽しくないとダメか？」

訊《たず》ねると、天ヶ瀬はハッと鼻で笑って。

「そりゃそうでしょ。第一、先輩は自分から首突っ込んでんじゃん」

「……別に好き好んでやってるわけじゃないぞ」

「なことわかってるっての！　あーもう、そういうことじゃなくってさあ……！」

天ヶ瀬は言葉を探していた。

何か、僕に言いたいことがあるのだろう。それを待つ。

「――先輩は、さ。もっと、自分の好きに人生生きようと思わないワケ？」

やがて、彼女はそんなことを僕に訊ねてきた。

自分の好きに、ときたか……また難しいことを言ってくれる。僕は軽く肩を揺らした。

「割と好き勝手やってるつもりだけどな」

「だからそういうことじゃなくてさ。あーもう、なんで伝わんないかなあ……」

頭を抱えて。

天ヶ瀬は、うがーっ！　と叫ぶと僕に向かって指を差す。

「人は、自分のために生きるべきだと思う」

「……哲学か？」

「違うから。現実の話。先輩って、いっつも自分以外の人のことばっか考えてるじゃん」

「僕がそんな善人に見えるのか、お前には……」

「そんなこと言ってない。てか悪いって言ってるんだけど」

どうやらこれは批判だったらしい。

押し黙った僕に、天ヶ瀬《あまがせ》は細い目を向けながら。

「もっと、何も考えずに遊んだりとか、無駄なことに時間使ったりとかしないと、いつか絶対、全部が溢れるんだ。自分の中に留《とど》めておけるものなんて、限りがあるんだから」

流れで出てきた言葉にしては、実感が込められている。

つまりこれは、天ヶ瀬が以前からずっと抱いていた考えなのだろう。

「だから先輩には何も考えず、バカみたいにしててほしいと思ったワケ！　だってのに、朝からあんなの……計算外にも程があるっての」

「アレは、まあ偶然だったろ」

「だから付き合ってんじゃん！　でも、ずっとそうだと私が楽しくない！」

「……自分のためにか？」

「当たり前でしょ。先輩ずっと陰気臭いし。暗いし難しいコトばっか言うしバカだし」

「おい」

「私はそんなこと絶対したくない。いいじゃん別に、高校生なんだから。変なことばっか考えてないで、適当に、気楽に——楽しく過ごしてればそれでいいじゃんか」

「それは……なんというか」

少しだけ迷って。

それから僕は、どこまでも中身のないことを口にした。

「お前、女子高生みたいなこと言うのな」

「いや女子高生だっての。どこから見ても恥ずかしくない華のＪＫだっての！」

「その発言がすでに恥ずかしいだろ」

「うっさいな、先輩のバカ頑固。とにかく私のいるうちは、先輩は余計なこと考えないで遊んでればいいの！　ほんっとマジあり得ないっての。私の温厚も限界なんですけど」

ふん、と視線を切ることで、天ヶ瀬はこの話題を断ち切った。

それから彼女は、通学鞄《かばん》の中から、急に一冊の手帳とボールペンを取り出した。

「なんだそれ？」

「日記帳」

訊《たず》ねた僕に、天ヶ瀬は端的な答えを返す。

答えているようで事実上、あまり答えになっていない。

「なんで、道端で急に日記帳を取り出すんだよ」

「私の勝手でしょ。急に日記が書きたくなったんだから放っといて。文句ある？」

言うなり天ヶ瀬は、すぐ傍《そば》にあった植木の周りを囲う円形のベンチに腰を下ろした。

学校の敷地の近くに、いくつか並んでいるものだ。

「別に文句はないが……、……ん?」

——そのとき。

僕の脳裏を何かがよぎった。

「何?　勝手に見ないでよ。乙女の秘密なんだから」

「人の日記を勝手に覗《のぞ》いたりしねえよ」

答えつつ、僕は思い出していた。

それは、まだ中学生だった頃の記憶だ。星の涙に封じられていたわけではない。純粋に思い出す機会をなくしていた、大事だけれど遠い記憶。

天ヶ瀬《あまがせ》が指摘した通り、僕はなんでもない日常をどこか遠くに置いていたのだろう。

「……その日記帳」

僕は言った。

天ヶ瀬は顔を上げて、けれど不自然なまでに無表情で。

「何?」

「……いや、なんでもない。それより、いったい何書いてるんだ、道端で?」

僕は話を誤魔化《ごまか》し、別の話題へと移った。

そうする意味があるのかは正直、わからないのだが。

「うるっさいなあ、念のためだってーの。文句ある？」

「なんで怒るんだよ……」

「先輩の顔、なんかムカつくし。道端で空飛んでる野鳥に煽《あお》られてる気分になる」

「どういうこと？」

よくわからない比喩を使う天ヶ瀬。小学生に影響でも受けたのだろうか。

灯火《とうか》と違い、天ヶ瀬は常識人枠なのだ。その立ち位置を大事にしてもらいたい。

あんな面倒臭いの、ひとりだけで充分だ。

「えーと。『今日は先輩といっしょに、通学中に人助けをしました。朝から面倒でした』」

「覗くなとか言ったくせに音読するのかよ……。何それ？　当てつけ？」

「『先輩は、今日も面倒臭いです』」

「当てつけだね。オッケー、聞きますよ」

「『わたしがいないと、たぶん先輩は、近いうちに警察のご厄介になるでしょう』」

「不吉な予言をするんじゃねえ」

「『仕方がないので、わたしもいざというときに備えて、防犯ブザーを買っておきます』」

「通報を視野に入れるな」

僕は何も悪いことはしていない。なぜなら、お天道様が見ているのだから。

「ふっひひ」

手帳から顔を上げた天ヶ瀬《あまがせ》は、楽しそうに顔を綻ばせた。

実際、楽しんでいるのだとは思う。彼女にとって、それは大事なことなのだろう。

「……いくら時間稼ぎしても、もう学校だぞ」

「ちぇーっ。せっかく、ちょっとでも楽しい思い出を作っておこうと思ったのに」

こんな道端のベンチで、ペース的に、読んでいる内容をそのまま書いたわけではないだろうが。

なぜか僕も、突っ込む以上の邪魔をする気にはなれなかった。

「あーあ。本当に面白くいかない先輩ですねー」

言われたところで、改善しようとも特に思えない。

「だったら早く学校に行こうぜ」

「わかってませんねえ。そういう無駄なやり取りを少しでも長くやれるのが友達ってものじゃないですか。この際、話の中身は問題じゃありません。先輩は甲斐《かい》がなさすぎです」

「今し方、面白くないことを責められたばっかだと思うんですけど」

「それ以前の問題だからですー。今日の採点は、十点にも満たない感じですからね！」

まさか十点満点ということもないだろうし、なかなか辛口採点だ。

友達になる、と名乗りを上げてしまったことだし。ちょっとは考えるべきだろうか。

「その辺は今後に期待してくれ」

そう告げた僕に、天ヶ瀬はくすりと笑って。

「なら、今後の成長に期待して——追試の権利はあげてもいいよ、伊織？」

「……偉そうに言うよ」

なんて、他人のことを言えた義理もないのだが。僕は肩を竦《すく》めて、

「わかった。僕も本気を出すことにしよう」

「何、それ？　本気って」

「僕だって本気さえ出せば、それなりに天ヶ瀬を歓待することはできるって話だ」

「はあ……、はあ？」

「現に灯火《とうか》とデートしたときは、これでも大爆笑を掻《か》っ攫《さら》った実績がある」

「……や、よくわかんないけどさ。デートで笑われるって、それなんか違わない？」

だろうね。僕だってその辺りはわかっている。

つまらないよりはまだ、マシだろうと思って言ってみただけ。

「まあ期待しておけ。お前は僕の本気に驚くことになる」

「なんで自信満々なの……？　いや、まあいいけど。それならそれでも。——あ、でも、今日はダメだから。遊ぶならまた明日にして」

「あん？」

「今日の放課後は用事があるんですー。遊ぶのはまた明日ねっ！」

そんなことを天ヶ瀬《あまがせ》は言った。

乗り気になったところで潰されてしまった。ちょっと拍子抜けだ。

いや、準備の時間ができるなら、それに越したこともないか。僕は頷《うなず》いて答えた。

「わかった。じゃあ明日の放課後は、どっかに遊びに行くとしよう」

「じゃ、約束ですからね、先輩。──そのことも、きっちり日記に書いておきますので！」

宣言通り、何やら日記帳に書き込むと、それから天ヶ瀬は日記を仕舞《しま》って。

僕に向き直ると、少しだけからかうような表情を見せる。

「そろそろ灯火《とうか》ちゃんに構ってあげないと、嫌われちゃいますよ？」

「……。まあ実はさっきから連絡が来まくってるんだけどな。全部無視してる」

「うわあ……」

ＬＩＮＥの通知が二桁溜《た》まったスマホを見せると、天ヶ瀬は引いたような表情になる。

その『うわあ』が僕宛か灯火宛かは、とりあえず考えないでおこう。

「じゃあ、行きましょうか」

こちらを見上げるような天ヶ瀬に、僕は頷きを返す。

さて。

考えることが、増えてきたような気がするね。

幕間《まくあい》２『８月７日（三年前）』

——咄嗟《とっさ》に名乗ったのは『ナツ』という偽名だった。

いや本名にばっちり含まれてるし、あんまり偽名ってわけでもなかったと思うけれど。

それでも彼には、私は本名を明かしたくなかった。名前とか、顔とか、そんな感じの背景情報を、知られたくなかったのだと思う。

知られずにいられる、気楽な——そんな友達が欲しかったのだと、そう思う。

そのとき、私はお仕事を終えて、家に帰る途中だった。

ただ実際に家を目指していたかと訊《き》かれると、なんというか、微妙なところだと思う。

特にあてどもなく、漫然と街を歩いていた……とでも言うのが正確か。

——なにせ中学生になった私にとって、世界はとても面白くないものだったから。

いや、別に年相応の反骨で言っているわけではない。まあ今になって思えば、そういう面も多分に含まれていたかもしれないけど、私は世の中にたくさんの楽しさが溢《あふ》れていることを知っていた。信奉していた、と言ってもいいと思う。

この世界には楽しいことがたくさんあって、それを見つけて楽しく暮らしている人間がたくさんいるのだから。だったら私も、それを見つけて楽しんでみたいと思うだろう。

私の望みは単に、自分もその輪の一員に加えてほしいというだけ。

なんだってよかったのだ。それが今の生活にないものなら、たぶん、本当になんでも。部活でもいいし趣味でもいい。どんなことにだって打ち込んでいる人はいて、それにはきっと、打ち込めるだけの理由があるはずで。私も、そういう何かを見つけたかった。

——それが見つけられなかったから、あの頃の私は腐っていたのだけれど。

私の世界はつまらない。

私の世界だけがつまらない。

モデル仲間とのゴシップめいた情報交換も、成績を確認してくる両親とのやり取りも、お互いに牽制《けんせい》しながら腹のうちを探り合う冷戦めいた学校でのひとときも——。

その全てが、恐ろしいほどにつまらなかった。

でもそれはきっと私が悪いのだ。だって、現にモデル仲間も、両親も、クラスメイトもみんな、それをとても大事な、大きなものとして扱っている。

心動かされない私が悪いのであって、それを楽しめない私が間違っているのである。

どうしてか、私の世界だけがいつまで経《た》っても色を得ない。

だから、せめて何か心惹《ひ》かれるものを探すために。きっと私にも、夢中になれるものがあるはずだと信じて——それこそ夢遊病にでも罹《かか》ったみたいに街をうろついていたのだ。

そうして私は出会ってしまった。

「なーんだ。天ヶ瀬《あまがせ》さん、奇遇じゃーん。こんな休みに、ひとりで何やってるのー？」

できれば出会わずに済めばよかった——とさえ、このときの私には思えなくて。

声をかけてきたのはクラスメイトの女子だ。数人で連れ立って、おそらくはこの休日、遊びにでも出てきたのだろう。賑《にぎ》わう流宮《ながれみや》の駅前だから、ままあり得る偶然だった。

「……別に、何も」

仕事帰りと言いかけて、その言葉を呑《の》み込んだ。私がモデルをやっていることを、快く思わないクラスメイトがいることも、彼女たちがそれだということも、知っていたから。

それともあるいは、言って、怒らせてあげるほうが親切だったのだろうか。

「ふぅん……あはっ。休みなのにひとりで歩いてるって、どんだけ暇なワケ？」

「えー？　ちょっともー、そんなコト言ったら可哀想《かわいそう》だよー」

「あっはは。ごめんごめん、そうだよねー。冗談だから怒んないでよー？」

「そうそう！　だって、天ヶ瀬さん忙しいもんねー。お仕事、大変なんでしょー？」

「…………」

あまり仲がいいわけではないコトは、さすがにわかってもらえると思う。

私だって、彼女たちの言葉が悪意——いや、敵意から来るものであることは知っていた。

でも。

だけど。

「ねえ、なんか言ったら？」「やめなよ可哀想《かわいそう》」「そうだよ。天ケ瀬さん困ってるってー」

——そうして私を嗤《わら》う彼女たちは、とても楽しそうに見えたのだ。

それが私には羨ましかったし、眩《まぶ》しく見えてしまった。ああ、この人たちは今、自分の世界を楽しめているのだ——そう思うと、言葉にならない敗北感すら覚えてしまう。

別に、それで向けられる敵意から目を背けたわけではない。

私はもちろん彼女たちが嫌いだったし、ちょっと顔がいいからってお高く止まっているという指摘は、下らない敵意を安易に向けてくる彼女たちを見下しているという一点で、あながち間違ってもいなかっただろう。私が誰だかの告白を断ったからって、そのことを責められても共感できない。自分のほうが先に好きだったのに？　はあ、そうですか。

少女漫画の読みすぎ——いや、逆か。もしかして、読んだことがないのだろうか。

そんな、典型的な漫画の悪役みたいな逆恨みを向けられたって、こっちが律儀に漫画のヒロインめいたことを言うとは思わないでもらいたかった。悪いが王子《ヒーロー》は眼中にない。

それでも——それでも私は、世界《いま》を楽しめている彼女たちが羨ましかったのだ。

だって私は、そういうふうになりたかったのだから。

それが、私の願いだったのだから。

私には全てがつまらない。私は何も興味がない。

私は、その意味でずっと負けているのだ。

だから私は何も言わず、何も答えず、フードを目深に被《かぶ》って逃げるようにその場を立ち去った。背中を撫《な》でるクラスメイトたちの笑い声は、勝者に許された権利なのだろう。

そのまま私が逃げ込んだのは、近場にあったゲームセンターだ。

普段は立ち寄らない場所。無意識に選んだのは、たぶん、それが理由だった。

雑多な場所だ。ギラギラ喧《やかま》しい音と、それ以上の毒に思える光で立ち眩《くら》んでしまいそうになる。すぐに立ち去ってしまいたかったが、それで再び行き会っては馬鹿らしい。

かといって中に入ることもできず、結果的に入口で立ち竦《すく》んでしまった私の背を――、

「おっす、久し振り！」

ぽん、と軽く叩《たた》く手があった。

振り返った私の目が捉えたものは、実に緩んだ表情で笑う、ひとりの男の子。

「奇遇だなあ」

言いながら親しげに肩を組んでくる少年に、私は堪《たま》らず身を固める。

当然だろう。こんなところで、知らない男子に触られるなんて怖いにも程があった。

「最近は見なかったけど、いったい――」

「だ、――誰っ!?」

「――えっ」

まるで親しい友人に向けるみたいな悪意のない表情で。

笑いかけてきた少年は、振り返った私の声を聞いて目を見開き。

「っ……あー、えーと……、その」

「……？」

「ああ。うん……その、すまんかった。人違いっぽい……です、ね……？」

バツが悪そうに、少年は首筋を掻《か》いて目を背ける。

どうやら私を友人だと勘違いしたらしい。気まずそうな表情を見るに、装ったナンパの類いでもなさそうである。

「い、いや……別にいいけど」

「……あー、どうも」

なんとも言えない空気が流れた。

どうしよう。アウェーと言ってもいい場所で、こんな状況。対処が手に余った。

迷って何もできない私に、そこでふと、少年はフードに覆われた私の顔を見つめて。

「……小学生？」

失礼なことを言った。

むっとする。確かに背の高いほうではないけれど、小学生扱いされる謂《いわ》れはない。

「中学生だ！」

「っと、すまん。じゃあ同い年くらいだな。――一クレでいいか？」

「え――？」

その言葉が『一クレジット分でいいか？』――つまり、勘違いしたお詫《わ》びに、ゲームのワンプレイ分の料金を出すから手を打ってくれ、という意味であることが、当時の私にはまったくわからなくて。

そんなリアクションを見た少年は「やっぱり」と笑みを深めながら。

「え、っと……？」

「入口で棒立ちだったトコ見るに、ゲーセンあんま来ないんだろ？　これも何かの縁だ。いっしょに遊ぼうぜ！　勘違いのお詫びに奢《おご》るからさ」

快活な笑みを向けてくる少年に面食らってしまう。

というか、ここまで来るともう普通にナンパなんじゃないかと思うのだけれど。

「さって、何やろっか？　なんか目当てとかあって来たん？」

「いや、その……」

「まあそう警戒するな。俺も最近、友達が付き合ってくんなくてさー。玲夏《れいか》とか、あいつ塾通い始めちゃって。仕方なくゲーセン来たんだけど。男友達、できたら欲しくてさ」

「――――」

その言葉で、彼が自分のことを男子と勘違いしていることに気がついた。場所もあったし、フードを被《かぶ》っていたこともあるだろうし、何より彼は、

——彼は私のことを知らないのだ。

自分のことを知らない。私が何も楽しめない、つまらない人間であると彼は知らない。

そのことに、酷《ひど》く魅力を感じてしまって。

「俺は、冬月《ふゆつき》伊織《いおり》。お前は？　なんてーの？」

「わ——お、おれは……ナツだ」

と。気づけば、そんなふうに答えてしまっていた。


それが、私と彼との、二度目の出会い。

そうだ——劇的なことなんて、そこには何も存在しなかった。

だって私は、彼とは同じ小学校で、話こそほとんどしなかったけれど、存在は認知していたし。彼だって、私が絡まれて困っているところを助けてくれたわけでもなく、自分で逃げ出してきたところに、たまたま勘違いで声をかけてきただけ。本当、面白くない話。

けれど結果として、このひと夏の——自分の正体を隠した、新しい友達との時間が。

私にとっては間違いなく、人生でいちばん楽しい時間で。


——彼は、少なくとも私にとって、退屈を壊してくれるヒーローだった。

第三章『日常イベント大量発生中』

1

木曜日は、早めに家に帰った。

訂正——帰ろうとした。

浮いた時間だ。灯火《とうか》を放置してしまったから、せっかくだからいっしょに、小織《こおり》にでも会いに行こうと思ったのだが、放課後になるとなぜか捕まらなかったのだ。

朝、電話で少し話したあとのメッセージを、無視しまくったのが悪かったのか。

『なんで通話切るんですかっ！』『無視ですかっ！』『せんぱーい？』『とりあえず、学校向かいますね？』『あの。なんか嫌な予感がするんですけどー』『ちょっとぉ！』『返事が欲しいんですけどっ！』『（怒りの表情のスタンプ連打）』『（着信）』『（着信）』以下略。

とまあ、そんな感じ。さすがの僕も悪い気がしてくる。

朝の忙しさで返事の暇がなかったのだ。学校に着いて天ヶ瀬《あまがせ》と別れたあと、こちらからメッセージは送ってみたのだが。

『すまん、学校着いた』『ちょっと天ヶ瀬といろいろあって忙しくてな』『用件は済んだ』

既読こそついたものの、それ以外に灯火《とうか》からリアクションはなかった。

意趣返しか、それとも愛想を尽かされたか。姿も見かけないし、単に灯火も忙しかっただけ、なんてオチな気はするけれど。問題があれば、与那城《よなしろ》が何かしら言うだろうし。

ちなみに天ヶ瀬《あまがせ》も、この日はあれ以上、僕に近づいてくることはなかった。

その意味では、久々に平穏な日常が戻ってきたと言えそうだ。

別段、しいて平穏を求めているわけではないけれど。目的を考えれば、むしろ積極的に非日常に巻き込まれたいとすら言える。とはいえ、気を休める時間は必要だろう。

学校に着くなり引いた目で見られたり、視線の合ったクラスメイトが気まずそうに目を逸《そ》らしたり、噂《うわさ》好きの下級生が「あの人が例の……」と囁《ささや》き合っているのを聞いたり。

そういういつも通りの日常が戻ってきて、何よりである。

……僕の日常、ロクでもないな……。目立っちゃって逆に申し訳ない気分。

まあ、そんな感じで、久々に気を休められたということである。灯火の件から休みなく十日以上（別に駄洒落《だじゃれ》ではない）、星の涙の精神干渉に巻き込まれてきたことを思えば、確かに気を休められる時間がなかった気はする。

「またなんやら、物好きにも面倒なことしてるみたいだな?」

「お前の軽口すら懐かしい気分になる辺り、思ったより重症だった気がするよ——遠野《とおの》」

なんて会話を昼休み、遠野と交わしたりもした。

実際、わずかな期間だが、遠野は僕のことを完全に記憶から消し去っていたのだ。友人かどうかも曖昧な友人——とはいえ、忘れられるのはやはりつらく、こうして認識されているだけで安堵《あんど》があった。ああ、こんな感情、こいつに抱きたくなかったな……。

「お前アレか、実は後輩にはモテるタイプだったのか？　羨ましいぜ、ムカつくけど」

相変わらずのへらへらした様子で、そんなことを宣《のたま》う遠野。

喧《やかま》しい、と一刀両断にしようとしたところで、ふと僕は思い出す。

そういえば遠野には、訊《き》いておきたいことがあった。

「なあ遠野。お前、あいつ——天ヶ瀬と知り合いなんだよな？」

「ん？　ああ、まあ一応な。なんだ、本人から聞いたか？」

「お前から聞いたんだよ。言ってたろ、ちょっと前に。『まなつちゃんとデート』とか」

「あー……あっはは、そいや確かに言ったわ。よく覚えてんなあ、お前」

「——————」

一瞬。

ほんの一瞬だけ、遠野の表情が《失敗した》と悔やむように歪《ゆが》んだ——気が、した。

けれど本当に一瞬だけ。気のせいだったかもしれないと思うほど素早く、次の瞬間にはいつもの軽薄な笑みを浮かべて、遠野はひらひらと手を振った。

「ま、心配すんな。生憎《あいにく》とまなつには、もうとっくにフラれたとこだよ」

「そんな心配はしてねえ」言って、それから首を振り。「いや、じゃなくてだ。その……天ヶ瀬《あまがせ》に何か聞いてないか？　ちょっとあいつのことが聞きたいんだが——」

「あー、パスパス。やめろよ、んなこと訊《き》くの。そりゃデリカシーがねえってもんだぜ、冬月《ふゆつき》先生？　フラれた女の話を、嬉々《きき》として喋《しゃべ》る男がいると思うか」

「……まあ、無理にとは言えないが」

「聞きたきゃお前、玲夏《れいか》に聞けよ。あいつも俺と同じで、まなつとは顔馴染《かおなじ》みだぜ」

意外な名前が出てきて、僕は思わず目を丸くする。

「与那城《よなしろ》が……？」

「あれ、言ったことなかったか？　中学んとき通ってた進学塾がいっしょなんだよ、俺と玲夏。んで、一学年下のクラスにまなつもいたって話だ。ま、さして交流はなかったが」

「あ……ああ。そういう繋《つな》がりだったのか……」

なるほど、と僕は得心した。

中学生の頃に、遠野《とおの》と与那城が同じ塾に通っていたことは知っている。そこに天ヶ瀬もいたという話なら、ちょっと繋がりが見えた感じだ。

問題があるとすれば、僕自身はその塾に行ったこともないということくらいである。

流宮《ながれみや》は、決して小さくはない街だ。

だが十年以上も暮らしていれば、それなりにすれ違うこともあるのだろうが……。

──果たして僕は、いったいどこで天ヶ瀬と知り合ったのだろう。

肝心な部分が見えてこない。もやもやするのは、それが理由なのだと思う。

「…………」

僕の洗脳が解けた現状、実際的な問題はないと言えばない、のだが。

それとも、僕の知らないところで、星の涙は現実への干渉を進めているのだろうか。

「ま、玲夏がお前に素直に話すかは知らんけどな」

軽く肩を竦《すく》めて、遠野はそう嘯《うそぶ》いた。

なるほど、さてはこいつ、僕が与那城と仲直りしたことを知らないな？

今の与那城ならば、僕が頼めば力になってくれる……はず、だ……と、思う。たぶん。

……そんなに自信はないけれど。

2

学校が終わって、それから僕はひとり、繁華街へと繰り出した。

遠野と話したから、というわけじゃないが、小織《こおり》の顔を見たくなったのだ。

灯火《とうか》の一件が済んだあと、僕はまだ小織と会っていない。思い出してくれたはずだが、できれば、きちんと顔を合わせて確認しておきたくなった──なんて。

我ながら女々しいかもしれないけれど。

それでも。

「やあ、伊織《いおり》先輩。ここで買っていったプレゼント、気に入ってもらえたかな？」

笑みを湛《たた》えた小織《こおり》の言葉を聞くと、やっぱり安心してしまう。

少しだけ肩の力を抜き、僕はこう答える。

「プレゼントって？」

「おっと、これはまた伊織先輩らしくもない態度だね。あのチョーカーだよ」

「……なるほど」

僕がチョーカーを購入したとき、小織は僕のことを認識できなかったはずなのに。

今、彼女は僕が目の前で買っていったかのような態度を見せている。

――星の涙がもたらした、都合のいい認識改変、ってヤツか。

見えない僕を、無意識下で認識していたのだろうか。何ごともなく購入していったかのような態度を見せる小織。嫌だなあ……、小織の目の前でアレ買ったことになんの……。

「お陰様で、気に入ってもらえたみたいだよ」

僕が言うと、小織はへらっと笑って。

「うわあ、本当に？　それは彼女、だいぶ変わった趣味だと言わざるを得ないね」

「………」

おい、めっちゃ恥ずかしいぞコレ。

思わず黙りこくった僕に、小織は生暖かい視線を向けて。

「冗談だよ。伊織先輩がかわいい反応するから、ついからかいたくなるんだ」

「勘弁してくれ……」

小悪魔って表現は本来、こういうのを指すべきだろう。

どうにも僕は、生原《はいばら》小織には敵《かな》う気がしない。

「あははっ。まあまあ。突飛だけど悪いセンスじゃないさ。モノはいいんだよ?」

「それ、フォローのつもりか?　僕は無難を狙って暴投したんだよ……」

「うーん、ちょっとからかいすぎたかな?　別にフォローじゃないよ。ちゃんと本心」

「本当かよ……」

「少なくとも私は、伊織先輩から貰《もら》えたら嬉《うれ》しいから」

そんなことを上目遣いに言うもんだから、嘘《うそ》か本当かわかりゃしない。

「……本気か?」

「さあ?　まあ正気ではあるかな。――実際、女の子にはね、先輩。ちょっと所有されてみたいなんて願望が、あったりなかったりするかも、だよ?」

「わかった、僕が悪かった。……それを、正気で言ってるとは思いたくないな、小織」

「ふふ、ざーんねんっ。今のは私も、何かプレゼントしてほしいってアピールだったんだけど。どうやら朴念仁の先輩には伝わらなかったみたいだ。……ちょっと、悲しいな」

「……いやその、」

「さて、つきましては伊織《いおり》先輩。新商品のご紹介をさせていただいてもよろしいかな？」

悪戯《いたずら》を成功させた、悪童の瞳が揺れていた。

オーケー、僕の負けだ。完敗。諸手《もろて》を挙げて、降参を示しながら訊《たず》ねる。

「で、何を買えって？」

小織《こおり》はくつくつと笑いを噛《か》み殺し、言った。

「冗談だよ。伊織先輩に頼らなきゃいけないほど、売り上げには困ってないさ」

「……お気遣いありがとうよ」

「どういたしまして。――うん、やっぱり先輩が来てくれると楽しいな」

楽しい――。

楽しい、か……僕といて。

今となっては、割と思うところのある言葉だが。

「ああ、ところで伊織先輩」

少し考え込んだ僕に、そこでふと、小織が手招きをする。

顔を近づけると、彼女は僕の耳元に口を寄せ、小声でこんなことを言った。

「これは、伊織先輩をからかわせてくれたお礼ってわけじゃないんだけど」

「ああ。それは、本当にそうじゃないことを祈ってる」

「――ナナさんからの伝言があるよ」

たったそれだけのひと言で、僕が一気に緊張したことは小織《こおり》にも伝わっただろうか。

全身の筋肉が強張《こわば》る。

それを、深く息をつきながら解した。

あの歩く不審者――また、何か意味深なことを言うつもりだろうか。

「聞くかい？」

「……ああ。頼む」

訊《たず》ねる小織に頷《うなず》いて、伝言の再生を促した。

小織は、では、と咳払《せきばら》いをして、それから耳元で口にする――。

「――『友達のことを忘れるなんて、まったく君は途轍《とてつ》もなく酷《ひど》い男だよなあ』――」

「…………」

「一言一句違《たが》わず、だ。確かに伝えたよ、伊織《いおり》先輩」

「ああ。……ありがとう、小織。確かに聞いた」

あるいは『効いた』と言うべきだろうか。

まったく、あの男は。そんな言葉を、よりにもよって小織の声帯から聞かせやがるとは。

「……な、小織。ひとつ、聞いてもいいか？」

顔を離して、それから僕は小織に言った。

小織はすぐに頷いてくれる。

「うん、いいよ。何かな？」

「友達のことを忘れるのと、友達に忘れられること。いったい、どっちが酷いと思う？」

少しだけ間があって。

それから、小織はこう答えた。

「その質問はね、伊織先輩。前提が間違ってると私は思う。まったく先輩は優しいね」

「……どういう意味だ？」

「決まってる。いいかい、先輩。――そんなもの、どっちも酷く、つらい話さ」

3

で。実のところ木曜日の本題はここからで、それがさきほどの話に繋《つな》がってくる。

小織と別れたあと、僕は早々に家路につこうとしたのだ。特に用もないし、あまり毎日遊び歩いているのもどうかという気になる。今日は素直に勉強でもしていようか、とか。

そう思っていたのだが。

この日、僕はなかなか家に帰ることができなかったのだ。

「あ、そうだ、伊織《いおり》先輩。よければこれ、持って行ってよ」

などと小織《こおり》に手渡されたものが、コトの始まりか。

それは流宮《ながれみや》商店組合が主催する抽選会のチケットだった。加盟店でいくらか以上の買い物をすると貰《もら》えるものらしく、一等はなんと商品券三十万円分だとか。

「こないだ、渡し忘れたからね。まあ一枚」

小織の認識では、僕は普通に買い物をしたことになっているのだろう。

「なあ。これ訊《き》いていいのかわかんないけど、……この店まさか組合に加盟してんの？」

「伊織先輩」

「お、おう……なんだ？」

「あんまり細かいコトを気にするものじゃないと思うなっ☆」

両手の人差し指を頬《ほ》っぺたに当てて、首を傾《かし》げるという驚異のポーズで小織は言った。

……うん。

「よくわかった。二度と突っ込まない」

「賢明だね。さすがは伊織先輩」

なんて宣《のたま》う小織が、なんだかちょっと怖かった。そこ、触れちゃいけないのか……。

ナナさんは、頼むから小織だけは、悪の道に引きずり込まないでほしい。

「なにせラスト一枚だ。——古くから言われる通り、きっと福があると思うよ」

などという小織の言葉を、まさか真に受けたわけでもないが。

せっかく貰ったのだから消費しておこう、と軽い気持ちで福引きをしに行ったのだ。

駅前の、大きなデパートの二階エントランスが会場ということで、ナナさんの露店から徒歩一分もかからない。その程度なら、寄っておこうという気にもなるだろう。

抽選会場には、よくあるガラガラ回すと玉が転がってくる抽選器がいくつか設置されていた。そういえば正式名称は知らない。

どうせなら調べてみるか、とスマホを取り出した僕は、ガラガラ抽選器の正式名称が《新井式廻轉抽籤器《あらいしきかいてんちゆうせんき》》と、かなり予想外に格好《かっこ》いいものだという新事実を調べ上げつつ、列へと並ぶ――それとほぼ同時。

「へえ。人の名前がついてるんだ……意外」

という呟《つぶや》き。うん、確かに名前も驚きではあったが。

そんな発言がタイミングよく、僕の目の前に並んでいる人から聞こえてきたことのほうが、どちらかと言えば驚きだった。

「え？」

「ん……？」

思わず声を出してしまった僕。それで、正面の人がこちらに振り返って。

「え――んえっ!?　いおっ、……り先輩っ!?」

「……奇遇でございます、こと？」

これが本当に偶然なのか、なんだかかなり疑わしい気もするのだが。

「な、なんで先輩がここにいるワケ!?　ストーカー!?」

「デカい声で失礼なこと言うな。お前こそ、用事って福引きかよ——天ヶ瀬《あまがせ》」

本当に。こんなところで天ヶ瀬まなつと出会うなんて、それこそ図ったみたいだ。

彼女のほうも、大声を出したことは反省したのか、声を潜めて僕に言う。

「ち、違うっての……っ！　今日は、仕事の関係でちょっと、用があったの！　それで、なんか券くれたから、ついでだしちょっと引いとこうと思って……っ」

別に、そこまで言い訳しなくてもいいと思うのだが。

「そういえば雑誌モデルなんだっけ？　あれか、撮影とかしてたってことか」

「だとしたらこんな早く終わらないっての。何言ってんの？　バカ？」

「今日は開幕から失礼だな、お前……天使の皮は被《かぶ》んないのか？」

「——。あれ～先輩だぁ偶然ですねぇ超嬉《うれ》しい～」

「気持ち悪っ」

「ちょっ、そっちのほうが酷《ひど》いこと言ってんじゃんっ！」

「はいはい、悪かったよ」

と僕は謝ったが、実のところ少し狙って言った。

灯火《とうか》に関してもそうだが、こいつらは素のほうが正直、話しやすいのだ。

「次の方どうぞー」

と、ここで天ヶ瀬の順番が回ってきた。

彼女は名残惜しそうに、最後に僕をひと睨《にら》みしてから抽選に向かう。そんなことを名残惜しまないでほしいものだが、にしても天ヶ瀬はどことなく楽しそうに見える。

残念ながら、抽選結果は芳《かんば》しいものではなかったようだが。

「はい、こちら参加賞ですー」

「……ぐぬ、新井さんめ……っ」

転がってきた白い玉と、手渡された白いポケットティッシュを白眼視する天ヶ瀬。

新井さんだって、それはとばっちりが過ぎる。

参加賞を手に、天ヶ瀬は列から離れていく。その折、なぜか僕のほうへ視線を向けて、
彼女は「ふっ」と挑発的な笑みを見せた。先輩もどうせ当たらないでしょ、的な顔だ。

……いや、当たらないと思うけど、僕も。競ってこないでほしい。

僕の番が来た。抽選券を渡し、新井式廻轉抽籤器《あらいしきかいてんちゆうせんき》を一回転させる権利と引き換える。

自慢ではないが、この手の運が絡む物事で《当たり》に相当するものを引いたことなど
人生において一度だってない僕だ。本当に自慢になっていない。

ぐるぐると抽選器を回転させる僕。ころり、と零《こぼ》れるように落ちた玉の色は――、赤。

「……んっ？」

あれ、参加賞じゃない。

当たるなんて本気で期待していなかったため、赤色が何等なのかも確認していなかった僕は、係のおじさんが「おおっ！」と叫びながら手元のベルをカランと鳴らす姿や、そのすぐ近くで「おおっ!?」と目を見開く天ヶ瀬《あまがせ》を、バカみたいにぼうっと眺めていた。

な、なんだ。まさか一等——いや、一等の玉は金色だ。なら——、

「おめでとうございまーす！　二等、二泊三日ペアハワイ旅行、当選ですっ！」

「……うっそでしょ」

予想だにしない幸運に、僕は呆然《ぼうぜん》と突っ立っているほかなかった。

係のおじさんがベルを振り鳴らし、周りの買い物客から拍手まで貰《もら》ってしまう。

え、あ、当たるんだこれ？　これ当たるものなんだ？

「えーうそ、すっご！　おめでとうございます、先輩！　やるじゃんっ!!」

なんだかんだ喜んでくれている天ヶ瀬と、僕の視線が合った。

「え、……ああ、うん……ありがとう？」

僕も僕で、なんのお礼を告げているのやら。

そのまま係員に誘導され、僕は当選の手続きをすることになった。

この時点で、僕は異常に気づくべきだったのかもしれない。

4

それから。

「はー……まさか先輩がハワイを当てるなんて。新井さんにいくら積んだんですか？」

「お金積んで当選させるくらいなら、自腹で行けばいいだろ……つーか、お前の中の新井さんは何者なの？　権力者なの？　それとも超能力者なの？」

手続きが終わるまで待っていてくれた天ヶ瀬と、並んで僕は歩いていた。

なんだか疲れた。自分の、おそらくはただでさえ総量の多くない幸運を、こんなところで無駄に消費してしまったことを思う気疲れなのだろうが。ハワイ旅行券っすか……。

正直、喜び方もよくわからない感じだ。

嬉《うれ》しくないわけじゃないけど、そんなにめっちゃ欲しいかと訊《き》かれると、もにょる。

「いいなあ、ハワイ……なぜ先輩に当たってわたしには当たらないのかー！」

ぐぬぬと不満そうな目を向けてくる天ヶ瀬。

別に勝った気分じゃないのに、勝手に負けた気分にならないでほしい。

「当たったところで、学校もあるし行ってる暇ないだろ」

「夏休みに行けばいいじゃないですか。別に日付指定じゃないですよね？」

「知らんけど……。どの道、こういうのって出るの宿泊費とかだけだろ。現地でいろいろ雑費がかかるだろうし。僕の財布じゃ、空港までの旅費を捻出できるかどうかだよ」

「なんっつー夢のないことを……。生きてて楽しいですか、ミスター・ペシミスト？」

「生の苦楽か……深遠な問いだ。難しくてわからないよ、ミス・フィロソファー」

「バカにしてんでしょ!?」

「お前もだろが」

「まったく……！　先輩って、いちいち皮肉を返さないと気が済まない人なんですか？」

気を抜くとすぐに敬語が抜け落ちる、くせに戻そうとする辺り律儀な奴《やつ》だ。

別にいいのに。

「それより、天ヶ瀬《あまがせ》」

「……なんですか」

「なんで待ってたんだ？　別に先帰っててもよかったのに」

「――――」

僕の問いに一瞬、押し黙る天ヶ瀬。

当選の手続きにはそこそこ時間を要した。その間、天ヶ瀬はなぜか近くの椅子に座って終わるのを待ってくれていたのだ。先に帰ってくれてもよかったのに。

些細《ささい》な疑問を口にすると、やがて天ヶ瀬は呆《あき》れたように息をつき。

「……はあ。なんでそういうこと言うかなあ……」

「あ？」

「あの状況で帰るほうが変じゃないですか。お別れだって言ってないし」

「そういうもんか？」

「そういうもんです！　別に、待つってほど待ってませんし。わたしはわたしで、日記を書いていたので時間は潰せましたから。問題なしですよ」

待たせるほうが悪いかなあ、と思っていたのだが、どうやら気にしていないらしい。

「わかった。それならいい」

「……あーでも。もし気に病むんだったら、お茶とか奢《おご》られてあげてもいいですけど」

「おい。問題ないんじゃなかったのか」

ジト目を向ける僕に、天ヶ瀬は悪戯《いたずら》っぽい笑みを浮かべた。

その何が憎たらしいって、確かに見た目は天使のようにかわいらしいところだろう。

「わたしは問題ないって言ったんですよー。これは、先輩が気にするなら、です。それにほら、伊織《いおり》先輩だけハワイ当てるとか、ズルいですし？」

「なんじゃそりゃ……」この流れでたかられるとは想像していなかった。「せっかく二等当たったのに、マイナスなことしか起きてない気がする」

「いいじゃないですか。むしろ、ハワイに行けるだけ超羨ましいんですけど！」

「行けねえよ。ペア券なんて貰《もら》ったとこで、いっしょに行く相手がいねえし」

「うわ、さみしー男」

「うっさいな。だったらお前がいっしょに来てくれんのかよ？」

「え。——ちょっ、は……はあ!?」

ちょっとした冗談で言ったのだが、天ヶ瀬《あまがせ》は顔を真っ赤にした。

意外な反応だ。

「な、何言って——行くわけないでしょ!? そういうのは、もっとこう、ちゃんと！」

「お前こそ何言ってんだよ……ったく」

天ヶ瀬とふたりでハワイなんて、間が持てないにも程がある。

あ、いや、どうだろう。冷静に考えると、そうでもない気もしてくるような。

「まあ考えておいてくれ」

「本気なの!? え、ほ、ほんとに……!?」

ぜんぜん本気じゃないしまったく本当じゃない。

適当に流しながら、僕は周囲の地図を頭に思い浮かべる。

せっかくだし、お茶の一杯くらいは奢《おご》ってやってもいいだろう。ただ、天ヶ瀬と行くとなれば、店選びも多少なり気を遣ったほうがいい気がするのだ。

あまりその手の知識はないのだが、さて——、

「あれ。冬月《ふゆつき》じゃん」

「——え、」

街中で声をかけられるという異常事態（僕基準）に、僕はぽかんと口を開けてしまう。

「おや」という顔の天ヶ瀬。

彼女と一瞬だけ目を合わせてから、僕は背後からの声に振り返った。

「っと……」

そこにいたのは、四人連れの男子高校生だった。着ている制服は流宮《ながれみや》高校とは異なる。

「ああ、オレオレ。覚えてないか？」

四人の先頭に立つ男が、なんだか使い古された詐欺みたいな言葉をかけてくる。けれどその顔には、確かに僕は見覚えがあった。

当然だ。電話口でもないのにオレオレなんて、本当に知人でなければ通用しない。

「中学んとき同じクラスだったろ。浅沼《あさぬま》だよ浅沼。え、まさか覚えてないとか言わねえよな？　それ、割と恥ずかしいぞ！」

快活な笑顔。慌てながらも、僕もなんとか応じる。

「あ、いや……覚えてるよ。久し振り」

「おう、久し振りだな。いやあ、懐かしいぜ。二年振りだっけ？」

「卒業以来だから、そうだね。その制服……えっと、」

「ああ、オレは東高《ひがし》だ。この近く。んで、こっちオレの高校の連れな」

そう言って、彼は連れ合いの三人を僕に紹介してくれる。

違う高校に進学した、中学時代の友人。

――当時の僕を知っている、かつての友達。

「へえ、浅沼《あさぬま》の友達か。よろしくな！」

「あ、うん。どうも……」

それぞれに挨拶してくれる浅沼の友人たちに、押されながらも頭を下げる。なんだろう。この明るい感じ、あまりに離れすぎていたせいで眩《まぶ》しい気分だ。

かつての友人は、そんな様子をどこか不思議そうに眺めてきたが、やがて笑顔に戻って。

「そっちの子も紹介してくれよ。彼女さん？」

「あ、えっと――」

なんの気ない旧友の言葉。それに、なぜか天ヶ瀬《あまがせ》は不安そうな瞳を僕へ向けた。

首を振って、僕は言う。

「いや。そこのデパートでたまたま会った後輩だ」

「おっと、そりゃすまん」浅沼は軽く肩を揺らして。「悪いね、後輩ちゃん」

「――いえいえ。別に大丈夫ですよー？　先輩のお友達さんですか。初めましてー！」

その頃には天ヶ瀬も、いつも通りの様子に戻っていた。

まあ、この猫被《ねこかぶ》りが本当にいつも通りかは、議論の余地があるだろうが。

「結構仲よかったんだよ。なあ、冬月《ふゆつき》？　いろいろいっしょにバカやったよなー」

快活に答える浅沼。そうなんですかー、と笑う天ヶ瀬。

こういうのが、普通の高校生のやり取りなのだろうか。

「冬月は宮高《みやこう》だよな。えっと……そう、確か与那城《よなしろ》とかと同じだよな。あと久高《くだか》か」

すっかり会話テンションの浅沼に、僕もなんとか答える。

「──、ああ。与那城とは今年も同じクラスだよ」

「へえ。まあ仲よかったもんな。はっは、ウチの中学から宮高行った奴《やつ》、少ねえよなー。お前らは成績よかったからアレだけど。こっちは結構いるぜ。ほら、高木《たかぎ》とか堺《さかい》とか」

「そっか──、懐かしいな。あいつらなら元気にしてんだろ？」

この辺りでようやく、僕も、旧友と出会ったときに取るべき態度を繕えた気がする。

そもそも中学時代の同級生に会ったくらいで、狼狽《うろた》えているほうがおかしいのだ。

「そうだ、冬月」浅沼は言った。「これからオレらカラオケ行くんだけど、もしヒマならいっしょに来るか？　もちろん後輩ちゃんも。そのほうが盛り上がるし、なあ？」

「おーいいぜー」「浅沼のダチなら別に。なあ？」「おー。女の子は大歓迎」

「──」

時間を感じさせない、以前と変わらないような友人の態度。

会ったことすらないのに、当たり前のように受け入れてくれる友人の友人。

まあ、もちろん控えめにも顔のいい天ヶ瀬《あまがせ》がいるから、ということもあるだろうが。

それでも、これは優しい――当たり前の対応なのだと思う。

「……行ってきたらいいんじゃないですか、伊織《いおり》先輩？」

小声で、天ヶ瀬は僕に言った。

「お前を置いてか？」

「もちろん、なんなら付き合いますけど。悪い人たちじゃなさそうですし」

「……そうだな」

それはきっと、ありふれた在り方なのだろう。

取り立てて囃《はや》す必要もない、どこにでもある善性。

けれど。

――僕の表面を覆う氷へ、ひびを入れるに充分な温度だった。

「素敵なことじゃないですか。昔の友達が、こうやって受け入れてくれるなんて」

そうだ、その通りだ。

繕わずに言えば、このとき僕は嬉しかったのだ。

泣き出したくなるほどに嬉《うれ》しかった。

久し振りだったのだ。高校に入ってから今日まで他者との交流を避け続けてきた僕は、たったそれだけの当たり前をずっと忘れていたのだと——そう実感させられるのは。

全てを忘れて普通に生きてしまえばいい。

そんな強烈な欲求に、まるで魂ごと引っ張られるかのような感覚が襲ってきた。

いつまでも《星の涙》にこだわっている意味はない。奇跡の石に願いをかけようとする者を止めようと、僕が足掻《あが》き続けていることに価値はない。

——自分《おまえ》はもっと、自分《おまえ》自身のために時間を使うべきではないのか——。

まるで心を塗り潰すかのように、僕の中で、そんな思考が湧き出してきたのだ。

行きたい。行きたい。——生きたい。

遊びたい普通に暮らしたい全て投げ出して星の涙のことなんて忘れて陽星だって、て——！

「……っ、ぁ——ああっ！」

心中に湧き上がってきた衝動を意志の力で強引に捻《ね》じ伏《ふ》せる。

熱が、引いていくのを感じていた。

「お、おい。冬月《ふゆつき》、どした？」

驚く浅沼《あさぬま》に、なんでもないと笑いかけて。

「悪い、今日は用があるんだ。楽しんできてくれよ」

「そっか。いいよいいよ、気にすんな。またどっかで会おうぜー」

気を悪くした様子もなく浅沼《あさぬま》は笑った。

彼の友人の三人にも別れを告げ、去っていく姿を見送る。

しばらく。

何も考えず、僕はその場で立ち尽くしていた。

「……なんで断ったんですか？」

そんな僕に対し、どこか冷めた口調で天ヶ瀬《あまがせ》が訊《たず》ねる。

「頭痛がしたんだよ。もう治ったけどな」

適当なことを言って、僕は再び歩き始める。別に嘘ではなかったが。

後ろを追ってくる天ヶ瀬は、さらに言葉を重ねて。

「行けばいいじゃないですか。実際ヒマですし。なかなか楽しそうでしたよ？」

「……向こうだって、アレは社交辞令だろ。行っても邪魔になるだけだ」

「そんなふうには見えませんでしたけど。本当に来てほしくないなら、最初から誘うわけないじゃないですか。そもそも伊織《いおり》先輩に社交辞令なんて、言う必要がありますか」

「……そう正論を言うなよ。言い訳を考えるのが面倒だ」

「――何、それ」

「いいんだよ。僕は基本的に氷点下だ。他人には極力、近づかないと決めている」

例外は灯火《とうか》や天ヶ瀬のように、星の涙を使おうとしている人間だけだ。

僕は自分を信用しない。陽星《ひせ》のためにだなんて——自分ではない《誰かのため》であることを理由にして、そんなお為《ため》ごかしで星の涙を使うような真似《まね》を二度としないために。

だから初めから他人とは距離を保つ。他人が距離を取れるよう、氷点下であり続ける。

それは、僕という人間にとって当然に課されるべき、義務だと言っていい。

「何、それ。何それ。——ムカつく」

だが天ヶ瀬はそれが気に喰《く》わないようだった。

別に構わない。それは天ヶ瀬には、一切の関係がないことだ。

「伊織が、そんなんじゃ……私はっ！」

「……天ヶ瀬？」

急に名前を呼ばれたことに、僕は後ろを振り返ろうとした。

そのときだった。

ぽすっ、と何か軽いものが僕の腹部にすっと飛び込んできたのだ。

「う、おっと」

慌てて受け止める僕。その耳に、どこかで聞いたような声が届けられる。

「おにいさんはまたもあやしいですね？」

僕が抱き留《と》めた人影が、こちらを見上げて、顔を覗《のぞ》き込むように窺《うかが》ってくる。

今朝、知り合ったばかりの顔がそこにはあった。気づいた天ヶ瀬も驚いたようで、目を丸くしながら駆け寄ってきた。

「――あ。今朝の小学生……」

「こ、こころ?」

「むふん」

名を呼ばれて、少女は満足そうに鼻を鳴らした。

の割にやっぱり無表情なのだが、これは喜んでいる……と見ていいのだろうか。

「おひさし……ちがいますね。えっと、四、五、六時間……、……おひさしぶりですね」

「諦めちゃったよ」この小学生、なんか本当に突っ込みたくなる喋《しゃべ》りをする。「朝振りだね、とかでいいんじゃない?　……まさか同じ日に二度も会うとは思わなかったけど」

「いかんです」

「あ、そう……ごめんね、遺憾に思わせて……」

「こころは知っていますよ。こういうのが《うんめい》なのですよね」

「かもしれないね」

「――ふつつかものですがよろしくおねがいします」

「うんちょっと待って!?」

なんで?　なんでその挨拶したの?　お兄さん、珍しく本気で焦ったよ。

お兄さんを焦らせたら大したものだと思います実際。

「──うっわ」

「おいやめろ天ヶ瀬《あまがせ》、そんな目で僕を見るな。弁護士を呼べ」

「大丈夫、証言台には立つよ」

「先に言っておくが天ヶ瀬、法廷での偽証は罪に問われるからな？」

「ちっ。証人やめまーす」

「なんで陥れる気満々なんだよ……」

大丈夫か？　僕の無罪は天ヶ瀬にかかってるんだぞ？　頼むから擁護してくれ。

「えーと……こころ、ひとりか？」

どうにかまともな会話にするべく、幼女を道の端に誘導しつつ訊《たず》ねる。

こころはきょとんとした顔で僕を見つめ、大きな瞳を透き通らせるみたいに。

「きょうからはおにいさんといっしょ……ですかね？」

「何を言ってるの本当に？」

「先輩ギルティです」

「天ヶ瀬はちょっと黙ってて？」

「うんめいの相手とはけっこんしなければならないと決まっていると聞いたので……」

「だからあんな挨拶したのか……。大丈夫、そういう意味じゃないから」

「なるほど。あんしんしました」

「よかったね。……あれ。僕、今、もしかして小学生にフラれた感じになってる……？」

「――フブッ!?」

「おい笑ってんじゃねえぞ後輩」

そもそも告白とかしてないからね？

前提がおかしいでしょ。いや、……まあいいや。

「おにいさん？」

きょとんとした様子で、首を傾《かし》げるこころが僕を見上げた。

首を振って、僕は改めて問う。

「なんでもない。それよりさっきの質問に戻るけど――」

「おにいさんとおねえさんはひとりですか？」

「――お、おう。まさか先回りで質問を封じられるとはな。あとどういう意味？」

「ひとりじゃなかったことがあるんですか？」

「ねえ本当にどういう意味？　ねえ、こころ。それどういう意味合いで訊《き》いてるの？」

確かに考え方次第では、間違っていないのかもしれない。

ふたりではなく、ひとりとひとり。ともすればこれはそういう、深遠な哲学的命題なのかも――しれなくねえな。いいよ、どうでも。そんなことより。

「お母さんかお父さんは？　いっしょじゃないのか」

「おおっ」こころは驚いた様子で。

「よくおかあさんと来たとわかりましたね」

「まあ、……うん。そこを感心されてもな」

「なんで感心したんだよ、じゃあ。文脈がおかしいでしょ。……文脈ってわかる？」

「ひとりです」

「いもですね」

「いも。……芋？　あ、こんにゃくか？　ボケたの今？」

「こんにゃくっていもなのですか？」

「知らないで言ったの!?　逆にすごいけども」

「さっきまでいっしょだったのですが」

「え、──お、おう。ナチュラルに話題戻すよね……そっか。さっきまで、ね」

「おにいさんに気を取らららられているすきに見失ってしまいました」

「見失ったと。気を取らららせて悪かったな」

「なに言ってるんですか？」

「……うん。いやお前、将来は大物になりそうだよなあ……」

呆《あき》れたものか感心したものか。先に噛《か》んだの、こころなのに……。

マイペースな少女だが、ともあれ母親とはぐれたのなら、それは問題か。

「くっ……ふふっ。い、伊織《いおり》が……幼女に、翻弄されてる……くふっ」

何やらめっちゃウケている天ヶ瀬《あまがせ》のことは、無視でいいですかね。

ていうかコイツ、ときどき僕のこと名前で呼ぶよな。

「まあいい。お母さん探すとするか。さっきまでいたんだろ？」

「しかたないですね。つきあってあげます」

「大物になりそうっていうか、態度はすでに大物の風格があるよな、こころ……」

「はつデートですね」

「付き合ってあげるってそっちの意味だったの？」

やめてね？　当局が動き出しちゃうでしょ。

弁護士を呼ぶとしよう。

「いざとなったら準備しておいてくれ、天ヶ瀬」

「任せてください。１１０番ですね」

「率先して通報しようとするな」

「でも防犯ブザーはまだ買ってなくて。幼女の窮地に、あとはもう国家権力に頼るしか」

「窮地にいるのは僕のほうなんですけど。違うから。無罪の証拠を集めてくれよ」

「ぴぴー。幼女から被告人の服の繊維が検出されました」

「最近の科学捜査って優秀ですね。終わったわ僕」

——とまあアホなことを言っていると、幸いにもこころの母親はすぐに見つかった。

　というか、探すまでもなく、すぐに向こうからやって来たのだ。

「すみませんでした……！　本当、一日に二度もご迷惑をおかけして！」

「いえ。というか今回は、半分くらい僕のせいみたいですし」

　いっしょに歩いていたのだが、ちょっと目を離した隙に、遠くの僕を見つけたこころがフラフラ離れてしまったという顛末《てんまつ》らしい。慌てて後を追ってきたとか。

「なんだかこの子、すっかり冬月《ふゆつき》さんのことが気に入ってしまったみたいで」

「はあ……。え、そうですか？」

　どの辺がだろう？　なんか、ぜんぜんそんな感じしないけど。

　僕は、母親と手を繋《つな》いでいる——というか捕まっている——こころに視線を落とす。

「……？　落としものですか？」

「いや、ぜんぜん違うけど。ていうか何をもってそう思ったの？」

「下を見たので」

「こころを見たんだよ」

「ちっ」

「なんで舌打ち？」

　もしかして、見られることを嫌がりましたか今？　好かれてる？　嫌われてない？

　不安に思って天ヶ瀬《あまがせ》に目をやると、彼女はじめじめとした視線で僕を刺した。

「……、伊織《いおり》先輩って年下好き？」

「どっちかって言うと、年下が僕のこと好きらしいぞ？　見えないけど」

「はあ!?　別に好きとかじゃないですけど!?」

「別に天ヶ瀬のことは言ってないですけど……」

「え、――あっ。……っ！」

「睨《にら》むなよ。なんなんだ。意味わかんねえよ」

まあ、さすがにこころから嫌われているとは思いたくないところだが。

なんか常にニュートラルな感じの子だから、普段から誰に対してもこんなテンションでいる気がしてならない。

「ところで、おふたりとも」

ぽやぽやしたこころの目を眺めていると、そこでこころの母親が言った。

「あ、はい」

「学校が終わったなら、お時間は大丈夫ですよね」

「……あ、っと――」

「よろしければ、お礼代わりにコーヒーでもご馳走《ちそう》させてはいただけませんか？」

そういえば今朝方、お礼がしたいというのを固辞しまくったばかりだ。

天ヶ瀬は、無表情に僕を見上げた。任せる、ということなのか。僕は言う。

「えっと。あの――お気持ちはありがたいのですが、」

――瞬間だった。

再び、強烈な《思考》の奔流が僕を襲った。

「……っ!?」

そう表現するよりほかにないような、焦がれるほどの欲求。

――行け、と。

命じられているような、それでいながら、自分自身が求めているかのような。

――何も考えずに楽しんでいればいいじゃないか――。

そう意識すると同時、今度は次第に、僕の内側で頭痛が始まる。

覚えのある感覚。これは、灯火《とうか》の星の涙に逆らったときと、同じ痛みだと知っていた。

「……おにいさん?」

動きを止めていた僕に、こころが呼びかける。

「あ、ごめん。ええと……それじゃあ、すみません。少しだけご馳走《ちそう》になります」

僕はこころの母親に目を向け、その申し出を受けることにした。方針を変えたのだ。

「よかった」

と母親は嬉《うれ》しそうに笑って、揃《そろ》って近くの喫茶店に向かうことに。

こころは僕のほうに来て、右手の袖を掴《つか》んで隣に立った。

「どした？」

訊《たず》ねた僕の顔を見上げながら、こころは、透明な瞳で。

「落としものではないのなら、忘れものですか？」

「——なんで、そう思う？」

「おにいさんは朝より元気がないので」

僕は天ヶ瀬《あまがせ》を見た。

視線に気づき、天ヶ瀬はふっと笑って。

「先輩、忘れものばっかりですもんねー？」

「……みたいだな。そうなんだよ、こころ。僕は忘れものをしてるんだ」

そんなふうに答えた僕に、果たして何を思ったのか。

考えの読めない少女は、僕をまっすぐに見上げたままで告げる。

「忘れものなら、取りにいかなくてはいけませんね」

「……こころは賢いなあ」

いや本当、これは敵《かな》う気がしなかった。

5

結局、僕が自宅に着く頃には、時刻は午後八時を回っていた。

あのあとは断り切れず、最終的には夕食までご馳走《ちそう》になってしまったからだ。もともと外食するつもりで出てきたのとか、旦那が今日は飲み会でとか――まあそんな感じで。

「またぜひ、今度はうちにいらしてくださいね！」

とまで誘われたのだから、僕と天ヶ瀬《あまがせ》は相当気に入られているらしい。

天ヶ瀬のほうはノリノリで「ぜひぜひ！」と答えていた。

そんな彼女とも、解散後は特に話もせず。

「今日はこれで。また明日です、せーんぱいっ」

駅前で、そんなことを天ヶ瀬は言った。

「ここで別れるのか？」

「ええ。ちょっと寄るところがあるので、伊織《いおり》先輩は先にお帰りください」

「……そうか。わかった、また明日な」

「はい」笑顔で頷《うなず》き、それから。「――ねえ先輩っ！」

天ヶ瀬は、一度だけ僕を引き留《と》めた。

「……なんだ？」

訊《たず》ねた僕に、天ヶ瀬は満面の笑みを見せて。

「今日一日、楽しかったですか？」

その何気ない問いが、きっと天ヶ瀬にとっては重要なものなのだと僕は察していた。

けれど、どう答えるのが正解なのかまではわからない。

だから単に、正直に答えた。

「ああ。楽しかったよ」

「――へへへっ。ならよかったですっ！」

儚《はかな》く、花のように、普段とは明らかに違う笑みで。

口許《くちもと》に両手をやり肩を揺らす天ヶ瀬は、――愛らしい天使のようだった。

そんな天ヶ瀬と別れて、僕はようやく自宅へと辿《たど》り着く。

風呂に入り、着替えを済ませて、自室に戻り――そして僕は、さて、と考える。

――今日の一連の出来事は、果たして星の涙の効果によるものだったのだろうか？

結論から先に言ってしまえば、少なくとも僕はそうであると確信している。

立て続けに起こった数々のイベント。普段の何もない日常からは、考えられないほどに忙しい一日。

言ってしまえば、僕はその全てが星の涙の効果ではないかと疑っていた。
確かにこれまでのように、物理法則に反するほど不可思議なことは一切起きていない。
少なくとも、僕が認識できている範疇《はんちゅう》では。
だが今日に限って、これほど様々なイベントが起きる《偶然》を――こと現状において
その二文字で片づけることを僕はよしとしない。
何かが――何かはわからないが、何かが確実に起きている。
何より、あのとき感じた強烈な頭痛。それが証拠と言ってもいい。
もしも間違いなら、それはそれで構わないだろう。むしろそのほうがいい。重要なのは
星の涙が発動しているという前提に立つことで、それを考えておくことに意味がある。
では、これが天ヶ瀬《あまがせ》の仕業だとするなら、いったい何を目的としているのか。
「……それぞれの出来事に共通点が何もないんだよな」
星の涙がもたらすものである以上、それはなんらかの《願い》の結果である。
だが、いったい何を願えば《冬月伊織《ふゆつきいおり》にイベントが大量に起きる》なんて結果になると
いうのだろう。まさか、僕を肉体的に疲労させようとしているとは言わないだろう。
この一連の事柄が僕にもたらすものがまったくわからない――……いや。
「……、いや待て。そのままか……？」
考え方が違うのかもしれない。

イベントを起こすことで何かをしているのではなく、そもそもイベントを起こすこと、それ自体が《願い》だとすれば、どうだろう？

抽選券を貰《もら》ったことも、会場で天ヶ瀬に会ったことも、二等当選も、中学の同級生との再会も、こころとの邂逅《かいこう》も、その後に食事に誘われたことも——その全てが。

単純に、それ自体を目的として発生させられたイベントであるとしたら、どうだろう。

天ヶ瀬は事実、言っていたではないか。

——楽しく生きたいだけ。

それだけだと。言葉の通り、本当にそれだけだとすれば、辻褄《つじつま》が合う気がする。

「まさか。あいつの願いは本当に、《楽しいことが起きますように》ってことか……？」

証拠はない。正しいかどうか以前に、これが本当に星の涙の仕業であるかも不確かだ。けれど繋《つな》がってしまった。

だって、これは確かに本人が言っていた通りのことだ。

それが天ヶ瀬の願いであり、僕はそれに巻き込まれてしまっている。あまりにふざけたその答えが、けれど真実をそう遠く外してはいない気がして——僕は身震いした。

あいつは本当に、その程度のことのために星の涙を使ったというのか？

「……違う」

違う、そうじゃない。それだけじゃない。

星の涙は、そもそも前提として失ったものを取り戻すための石だ。願えばなんでも叶《かな》う魔法のアイテムでは決してない。取り戻すためには、先に失っている必要がある。

そうだ。これが天ヶ瀬《あまがせ》の願いであり、僕が巻き込まれているのだとするのなら——。

それは決して偶然じゃない。

最初を思い出せ。僕は天ヶ瀬のことを自分の恋人だと思い込んでいた。

なぜだ？　それは彼女が、楽しさを共有する相手を探していたからではないのか。

友達を——あるいはパートナーを。いっしょに楽しめる、自分ではない誰かを。

——友達のことを忘れるなんて、まったく君は途轍もなく酷《ひど》い男だよなあ。

——忘れものなら、取りにいかなくてはいけませんね。

その対象に、彼女は意図して僕を選んでいる。これは決して偶然じゃない。

ならば思い出す必要がある。

いったい僕が、どこで天ヶ瀬まなつと出会ったのかということを——。


「……、まなつ……？」

幕間《まくあい》３『７月４日』

――今でも、あの大切な一か月のことは鮮明に思い出せる。

ほんの短い間だけ。私を救ってくれた、ヒーローといっしょに過ごせた時間を。

彼は……伊織《いおり》は、とてもじゃないけど理想の王子様なんかじゃなくて。

なにせ私が、本当は女の子だとさえ気づかないのだ。まあ当時はまだ中一だったから、声変わり前の男子で充分に通ったのだけれど。顔もずっと、隠していたわけだし。

そもそも、私が気づかれないように振る舞っていたのだから。

ゲームセンターで会うときも、途中でトイレに行かなくて済むよう、飲み物を飲むのも我慢したくらい。髪も短かったし、その上で男子でも通るフード付きパーカーとジーンズばかり着て出かけたし、伊達《だて》メガネだって持ち出した。まあ、苦肉の作戦である。

女だとバレたくなかった――わけでは、実のところないのだが。

私は単に、私が《天ヶ瀬まなつ》という存在だとバレたくなかったのだ。

個人を、認識されたくなかった。モデルの仕事をしていることも、通っている学校も、何もかも伏《ふ》せたまま、ただ《ナツ》という名の友人として接していたかっただけ。

最初はたぶん、自分がつまらない人間であることを知られたくなかったのだと思う。

伊織《いおり》と過ごす日々ほど、私にとって楽しい時間はなかったから。

彼は、楽しいことをなんでも知っていた。驚いたのは、これまで興味もなかったことが、伊織に教わるだけでなんでも楽しく感じられたこと。世界が、一気に色づいたのだ。

私にはそれが不思議でならなかった。

だから当初、まだ伊織のことを友達だとは思っていなかったとき、彼に直接、相談してみたことがある。――私は、何をやっても楽しいと思えない、つまらない人間なのだと。

「えっ、楽しくなかった……?」

そのときはちょうど、初めてプレイする音楽ゲームを終えたところで、初心者の私にはとてもではないけどクリアできない難易度だった。伊織とふたりプレイだから、私が何度ミスしても、いっしょにクリアしたことになるみたいだけど、目が回ると思ったものだ。

「あ、えっと、そういうことじゃなくて!」

誤解を与えてしまったみたいだから、咄嗟《とっさ》に腕を振って否定した。

私は私で、ちゃんとゲームを楽しんでいるのだ。下手くそなのは否定しないけど。

「伊織と会うのは楽しいよ。そうじゃなくて、普段っていうか」

「普段？　あー、学校とかそういう話か？」

伊織はゲームの筐体《きょうたい》から離れて、こちらに向き直った。

壁際にあるベンチに、ふたりで並んで座る。

「まあ、そういうのひっくるめた日常っていうか」

私の舌は滑らかだった。こんなことを相談できる相手、伊織くらいしかいないのだ。

伊織は少しだけ真面目な顔になって、前を見ながら私に問う。

「なんだ。学校、あんま楽しくないのか？」

「ん……うん」

自分から相談しておいてなんなのだが、いざ訊《き》き返されると頷《うなず》きがたい話だ。

なにせ伊織は、こちら側にいる人間ではないのだから。

そのことを私は知っている。小学生の頃から、伊織は目立つグループにいたのだから。

たとえ学年が同じでも、私たちが交流することはなかっただろう。

だけど今でも、羨ましく見ていたことは、覚えている。あのときの伊織ほど楽しそうな人間を見たことがなくて、だから――ずっと印象に残っていたのだと思う。

でも、だからこそ。日々を楽しく生きている伊織には、きっと私のような人間の気持ちなんて伝わらない。

そんな彼に、自分がつまらない人間であると教えるのは、酷《ひど》く恥ずかしいことだ。

弱みを曝《さら》け出すのは好きじゃない。苦手だと自覚があってできたのは、あくまで相手が伊織という――私が、天ケ瀬《あまがせ》まなつであることを知らない人間だからだろう。

まあ、防御のための一線が引けているから、というか。

気楽に訊《き》けたのはそれが理由で、そんな私に、伊織《いおり》はごく当たり前にこう告げたのだ。

「だろうなあ。確かに、ナツはそんな感じするよ」

「――は？」

思わず声が低くなってしまったのも無理からぬことと思う。

未《いま》だに私の性別を誤認している伊織に、そんなことを言われるとは思わなかった。

「お、おう……ナツってときどき怖いよな。いや、変な意味で言ったわけじゃなくてさ」

「……おれも、別に怒ってはないけど。じゃあどういう意味だ？」

「いや。――要はナツ、友達がいないんだろ」

「…………」

なかなか言いづらいはずの、普通に失礼なことを、伊織は当たり前みたいに言った。

そんな、いかにもといった論旨に、私が呆《あき》れたことには気づいただろうか。

「友達がいれば楽しくなるって？　何、そのありがちな精神論」

友達が少ないのは認めるけれど、私が言いたかったことはそういう話ではない。

けれど伊織は、少し落胆した私をよそに、何が面白いのか苦笑を交えながら。

「もともと感情の話なんだから、むしろ精神論であるべきだろ？」

「そういう言い方をすれば、そうかもしれないけど……」

「俺はそう思うぞ。もちろん世の中にはひとりで平気、っていうかひとりのほうが好きなタイプの奴《やつ》だっているけどさ。俺が見るに、ナツは絶対そっちじゃない」

「……、おれが……？」

その言葉が意外で、思わず目を丸くしてしまう。

呆気《あっけ》に取られた私の顔に対する伊織は、無垢《むく》に歯を見せて微笑《ほほえ》みながら。

「見てりゃわかることもあるよ。だって少なくとも、俺が見てるナツは楽しそうだし」

「それは——」

「何よりいっしょにいて俺が楽しい。ナツがつまらない人間じゃないのは、それだけでも証明できるだろ？　今ここが楽しいのは、俺とナツがいっしょにいるからだよ」

「……！」

その言葉がどれほど嬉《うれ》しかったかなんて、とてもじゃないけど言葉にはできない。

すとん、と。納得が、音を立てて心の底に落ちた気がした。

「ま、これは俺の幼馴染《おさななじ》みの受け売りなんだけどな」

「幼馴染み……」

「そう。小学生の頃の——俺の最初の友達。いつかナツにも紹介してやりたいとこだ」

——ああ、と私は納得した。

そうだったのか、と。今まで私が、いったい何にこだわっていたのかということを。

伊織は、いつだって友達の話を楽しそうにする。

今まで会った誰よりも。どこか誇らしげに、なんの迷いも照れもなく語る。

たぶん私は、それが羨ましくて、そして――眩《まぶ》しかった。

私も、そうなりたいと思っていたのだ。伊織《いおり》が、誰にだって楽しく自慢みたいに語れる人間に――私がなってみたい。そう考えていたことに、今さらになって気づいたのだ。

そうだ。初めて会ったときから、私はずっとそういうふうに願っていた。

仲間に入れてほしい。

私といっしょにいてほしい。

――私を、ひとりぼっちにはしないでほしい――。

「ほら。実のところナツってさ、たぶんあんま、ゲーム好きじゃないだろ？　いや、嫌いでもないと思うけど、なんてーか……俺といっしょだからやってくれてるっていうか」

意外とよく見ている。私は笑った。伊織のことを馬鹿にしすぎていたらしい。

たぶんその通りだと思う。別に嫌いではないし、やっている間は楽しいと思うけれど、おそらく伊織がいなければひとりでは遊びに来ない程度だ。

「付き合わせちゃって悪いなとも思うけど、……まあでも来てくれるし。あのとき、無理にでも巻き込んでよかったと思う。うん。友達はたくさんいるに越したことないからな」

「……うん。おれも、そう思う……」

「ナツも、まず友達作ればいいんだよ。適当に、隣の席の奴《やつ》とでも話してみたら？」

──俺はそうやって友達を作っている。

なんて宣《のたま》う伊織に、私も「うん。そうしてみる」と答えるのだった。

「んじゃ、最後にクレーンゲームでもやって帰るか。せっかくナツが恥ずかしい話をしてくれたんだしな。なんか一個、取ったらプレゼントしてやるよ。友情の証《あかし》的な？」

「……言っとくけど。さっきからずっと、伊織のほうが恥ずかしいコト言ってるから」

「え、そう？　えっ嘘《うそ》、どこが……？　ホントに？」

「あははっ！　いいよいいよ、わかんないなら。それより、何をくれるって？」

「その切り替えは現金だよな……いいけど。そうだな、一階で見たんだけど、あの日記帳とかいい感じじゃないか？　もし取れたら今日の俺の勇姿を、しっかり書いといてくれ」

「日記帳？　んー……そうだね。夏休みだし、日記とか始めてみてもいいかも──」

簡単なことだったのだ。

狭い了見にこだわっていたのは私のほう。ただ、私が馬鹿だっただけなのだと。

それを、伊織が教えてくれた。

だから私にとって、伊織はかけがえのないヒーローなのだ。

格好《かっこ》いいところを見せてくれたわけじゃない。特別なことなんてひとつもしていない。

ただ当たり前に傍《そば》にいてくれて、どうでもいいことでいっしょに笑ってくれた。

そうしてくれた、初めての人だったから。

これが今後、私の人生を大きく変えることになる、大切なひと夏の思い出。

夏の間、私はずっと、街で伊織《いおり》と会っては遊び歩いていた。

どんな仕事も、学校でのことだって、このときから楽しめるようになっていった。

だけど。

だけど私は、そんな恩人と前触れもなく別れることになってしまう。

——伊織と連絡がつかなくなってしまったのだ。

どれほど探しても、結局、伊織と再会することもなく私は次の学年へと進級した。

友達も増え、私は私の人生を、当たり前に楽しめるようになったのに。どこを探しても、そうしてくれた恩人の姿は見つけられなくて。

知らなかったのだ。

気づかなかった。

伊織は、確かに言っていたのに。この言葉は受け売りだと。彼は私を友達がいなければダメなタイプだと評したが、自分もそうであるとは一度だって語らなかった。

私は、そのことにまったく気づくことができず。

次に再会したときにはもう、恩人は、あまりにも変わり果てた人間になっていた——。

第四章『思い出づくり』

1

七月五日、金曜日。

この日、本当に珍しく、朝から家を訪ねてくる者はいなかった。

冷静に考えれば、それは珍しいことでもなんでもなく、むしろ当たり前な気がするのだが。最近は迎えがあるのが当然になっていて、逆に驚いてしまった僕だ。

とはいえ、たまには平穏な朝があってもいい。

いや、むしろこれは毒されすぎか。週に一度くらい、休みを打診してもいい気がする。

束《つか》の間《ま》の平和を噛《か》み締めながら、僕は普段通りに家を発《た》つ。

——結論から言えば、その平和は本当に、言葉通りに《束の間》だった。

近所の奥さんが急に話しかけてくるわ、通りかかった中学生に因縁をつけられた挙句、最終的には打ち解けて「兄貴」と呼ばれてしまうわ、繁華街に着けばこんな田舎で朝から何をという感じでテレビ番組の撮影ロケが行われており、ぶっちゃけ知らない芸能人からサインを貰《もら》ったり、それをどうしても譲ってほしいと言う知らないお姉さんに渡したり、これはお礼よと美術館のチケットを貰《もら》ったり、それが物々交換を経て最終的に人命を救出したかと思えば、ほんの気持ちだと言われて五万円を押しつけられてしまった。

こんなことを言うのもなんだが、あえて言おう。

——これはふざけてる。

詳細に語れば、学校に着くまでの時間だけで一本の短編映画が完成しかねない密度だ。

僕は通学にそんな大冒険を求めていないし、これが尋常の事態だとも思わない。昨日と比べて、もはや明確に《悪化》したと言っていいイベントの発生頻度だった。

「……本当に。星の涙ってのは、こんなことまでするってのかよ……」

比喩ではなく這《ほ》う這《ほ》うの体《てい》で学校に辿《たど》り着いたとき、僕はもう、涙を流して喜びたいとすら思ったほど。朝だけでこんなに疲れたのは、間違いなく生まれて初めてだ。

何より、それらのイベントと行き遭うたびに、全部忘れて楽しく馬鹿やって暮らそうという強い衝動が、心の中に生まれる。そしてそれを振り払うたび、強い頭痛に襲われた。

「大丈夫です」「結構です」「すみません急ぎます」を、今日だけで何度言ったことか。

それでも冷静に考えるなら、今回も星の涙が起こした現象の規模は、かなり広い。過去最大の影響範囲と言ってもいいくらいで、コトによっては、実はかなりマズい気もする。

世界中の人間が、僕に話しかけようという形で洗脳されているようなものだからだ。

「冗談じゃ済まなくなってきたな……」

いや、元から済ませる気もないのだが。

というかこの場合、またしても洗脳されかかっているのは僕のほうかもしれない。

教室に辿り着いた僕は、机に突っ伏《ぷ》して体力の回復を図る。いや、どちらかと言うなら気疲れが主だが、とにかく少し休みたかった。

ちょうどそのとき、こちらへ歩いてきた遠野《とおの》が、僕を見て声をかけてくる。

「ん、なんだ？　どうした冬月《ふゆつき》、なんか珍しく疲れた様子じゃん」

「……今日、僕は初めて授業をサボって保健室で寝たいと思っている」

「うお、こりゃ重症。冬月の言葉とは思えんね。ま、何があったとは訊《き》かないが」

「お前ならそうだろうな……。僕も、説明できる気はしない」

「そうかい。しかし俺に言わせりゃ単純なことだ。どうしてそうなってるのか、なんなら教えてやろうか、冬月？」

「……、そうだね。じゃあ、ご教授願おうか」

さしたる期待もせず、顔だけ上げて視線を向けた僕に。

遠野駆《かける》は、酷《ひど》く皮肉げに口角を歪《ゆが》めて、こちらの疲労をこう評した。

「――自業自得だ」

「そうかよ。……言い返す気力もねえ」

それに実のところ、あまり的を外した見解でもない気はした。

2

結局、その日の授業はほとんど頭に入らなかった。

それもそのはず、イベントの発生からは、ここでも逃げられなかったのだ。

後輩だったり先輩だったり、あるいは別のクラスの同級生だったり。普段の僕からしてみれば、あり得ないと断言していいレベルで様々な人から話しかけられた。

さすがに、クラスメイトまでは声をかけてこなかったが、

「冬月《ふゆつき》。あんた、なんかやった？」

なんてふうに与那城《よなしろ》まで声をかけてきたのだから、まったく徹底している。

「なんかってなんだよ……」

「や、わかんないけど。なんか妙に、こう……みんな、冬月を見直してる、っていうか。さっきも別のクラスの子に、冬月ってどんな奴《やつ》なのかーとか訊《き》かれたし」

「あー、大丈夫。今だけだから。そのうち戻る」

「……それ、逆に大丈夫じゃないいんだけど」

なんて会話があったほど。

やってられない。

話しかけられるたびに、こっちは頭痛に殴られている。なんて言えるはずもなくて。

最後の授業が終わると同時、僕は呼び止められないように——という普段は絶対しない配慮の下——すぐさま教室を飛び出すと一年二組の教室に向かった。

目的は言うまでもない、天ヶ瀬《あまがせ》だ。

今回は、さすがに教室に飛び込むような真似《まね》はしなかった。僕は学習する男だ。

素直に教室の外で、天ヶ瀬が出てくるのを待った。

帰りのホームルームが終わり、三々五々、家路につく者や部活へ向かう者たちが教室を出てくる。廊下の反対側に背を預けて待つ僕を、一年生たちが不思議そうに眺めてくる。

ほどなくして、天ヶ瀬より先に灯火《とうか》が姿を現した。

「むっ！」

通学用の鞄《かばん》を背中に、僕を見つけた灯火がさっそくファイティングポーズを取る。

……なんで？　それなんなの？

「ふっ。——失礼、伊織《いおり》くんせんぱいでしたか」

「なんだと思って戦闘態勢に入ったんだよ」

「敵だと思って。——敵じゃん！　じゃあよかった！」

よくねえよ。

よくねえでしょ？

「なんで？　いつから僕はお前の敵になったの？」

「わたしは学んだのです。この世界は、敵だらけ……」

「怖い。何言ってんの。怖い。もう一回言うけど怖い」

「何を言いますやら。常在戦場は乙女の心得として常識ですよ？　見敵必殺！」

「どこの？　それどこの常識？」

「サーチ・アンド・デトロイトー！」

「デトロイトの常識なのね。なるほどね。お前ホント一回謝ったほうがいいと思うよ」

誰に対してかは知らないけど。

ともあれまあ、冷静に考えればこれはいつも通りの灯火《とうか》かもしれない。

ちょっと安心してきた。

「ふふんっ」よく見れば灯火は上機嫌だ。「まあまあまあ。知らぬ仲でもなし、ここまでやって来た覚悟を認めて、伊織《いおり》くんせんぱいのことは許してあげてもいいですよっ！」

「……ん？」

「なんですかなんですかー。ようやく灯火ちゃんのありがたみを感じて、会いたくなったというわけですねっ！　まあここまで迎えにきてくれたというのなら、わたしも——」

「——ああ。別にお前に会いにきたんじゃないよ」

「ふぁややー っ！」

「あっぶな!?」

灯火から飛んできた火属性攻撃《ただのパンチ》を、ギリギリ避《よ》ける僕だった。

回避した僕を睨《にら》み、灯火は。

「失礼。――ヨガです」

「怒られろお前は本当にもう」

「伊織くんせんぱいのほうが怒られるべきでしょ！　謝ってください！　出雲《いずも》の神々と、そしてわたしに謝ってっ！」

「なんとなく嫌だ」

「なんとなく!?」

灯火が適当なことを言って、僕が突っ込む。

この感覚も久し振りな気がした。もはや若干の癒やしすら感じる。

キャイキャイ言う灯火をハイハイあしらっていると、

「――うげっ」

ようやく現れた目当ての人物が、僕の顔を見て嫌そうに呻《うめ》き声をあげた。

なんなんだろうな、この後輩たちときたら。僕を見るなり戦闘態勢に入ったり、呻いてみたり……うん、よく考えたら当たり前の反応な気がしてきた。じゃあいいや。

「まさか先手を打ってくるとは……あれ、灯火ちゃん？」

「くっ、――現れましたね泥棒猫！」

灯火《とうか》が天ヶ瀬《あまがせ》に向き直り、格闘ゲームのキャラクターみたいに体を揺らす。

一方の天ヶ瀬は、戦闘態勢に移行した灯火を一瞥《いちべつ》すると、

「――あ？」

「ぴっ!? ぴぃ……」

「あ、いや違うっ！　あっはは、ごめんね灯火ちゃん、冗談冗談～」

素が漏れ出て、慌てて執り成す天ヶ瀬と、完全に気圧《けお》されちゃってる灯火の図。

ああ……がんばれ負けるな灯火ちゃん。

相手は肉食獣でお前は小動物だが、きっと勝ち目はあるさ。たぶん。

「う、く……くっ！」

呻《うめ》く灯火。さあどうする。

「――わ、わたしより強い奴《やつ》に会いに行ってきますーっ！」

「え、あの……灯火ちゃん!?」

そのまま灯火ちゃんは、捨て台詞《ぜりふ》を吐いて逃げ出してしまった。

それ、自分より強い奴から逃げるときに言う台詞じゃないですよね……。

こうして、街路《ストリート》ならぬ通路ファイターはこの場を去った。

通路を英語でなんて言うのか、僕は知らないけど。……まあいいや。

大抵のことは、まあいいやで構わないのだ。

「……なんだったん？」

灯火《とうか》の立ち去ったほうを指差し、天ヶ瀬《あまがせ》は僕に訊《たず》ねる。

僕は答えた。

「気にしなくていい。あれは、捨て台詞《ぜりふ》を吐いて逃げるタイプの妖精だ」

「何それ……」

「かわいいだろ？」

そう訊ねた僕に、ふっと天ヶ瀬は笑って。

「何。ああいうタイプが好みなの？」

「そういう話じゃない。それより、天ヶ瀬——」

言いかけて、ふっと笑って首を振る。

それから、改めて呼び直すように。

「いや、——ナツ。約束通り、今日はいっしょに遊びに行こうぜ」

僕の言葉に、天ヶ瀬はふっと笑みを見せて。

「なんだ。ようやく思い出したんだ。ちょっと遅かったんじゃない、——伊織《いおり》？」

3

「冷静に考えて、僕が悪いわけじゃないよな？　僕は騙《だま》されてた側なんだから」

「だからって思い出すのが遅すぎない？」

「忘れてたわけじゃねえよ。《ナツ》のことは覚えてた。それを天ヶ瀬とは結びつけられなかっただけだ。……そりゃそうだろ、男だと思ってたんだから」

体形も、声音も、髪の長さも、全てが違う。眼鏡だってかけていたし、そもそも本人が隠していたのだから、情状酌量の余地はあると思うのだが……どうでしょう？

窺《うかが》うように天ヶ瀬のことを見てみると、彼女はからかうような視線を僕に向けて。

「なんだ。また呼び方、天ヶ瀬に戻っちゃうんだ？」

学校を出て、ふたり並びながら歩いて話す。

こうしていても、けれど僕は懐かしいとは思わなかった。

態度の全てが、あのときとは違う。そんな彼女を《ナツ》と呼ぶのも妙な気分だが。

「……ナツって呼ばれたいのか？」

「そうじゃないけど。ああでも、せっかくなら名前で呼んでくれてもいいよ？」

「あー……考えとくよ」

「むっ。――灯火のことは名前で呼んでるくせに」

その言葉にふと思い出し、僕は言う。

「そういや前もしたな、そんな話」

まだ洗脳されていたときだったか。

この直後に、僕は天ヶ瀬《あまがせ》が彼女ではないと思い出したのだ。

「確か——」

「——えっ？」

突然、天ヶ瀬はなぜか酷《ひど》く驚いた表情を見せて、僕を見つめた。

言いかけた言葉に詰まる。なんだか不可解な反応だ。

「……なんだよ、なんか変なこと言ったか今？」

「え。あ、——いや。そうそう、そうだね。そんなこともあったあった！」

「…………」

「そーんなことより！　私、結構これでも探したんだからね、伊織《いおり》——先輩のこと。急に会えなくなって、しかもそれっきりとか！　そういうの酷くない!?」

会話の変え方は下手だったが、逸《そ》らした矛先は上手《うま》かった。

天ヶ瀬の言う通り。中学二年の夏、僕は当時ハマっていたゲームセンターに入り浸っており、彼女とはそのとき出会った仲なのだが。その夏以降、僕は天ヶ瀬と会っていない。

——久高陽星《くだかひせ》の《問題》が顕在化してきたのが、ちょうどその時期だったからだ。

確かに、振り返れば悪いことをしたと思う。

僕と天ヶ瀬――いやナツは、特に連絡先を交換したこともなく、ただ偶然出会うだけの関係だったのだ。僕が自分の身の回りに集中し、ゲーセン通いをやめてしまった時点で、お互いに連絡を取り合う手段もなくなってしまったということ。

「悪いな。……あのあと、ちょっといろいろ、忙しくなってきたもんで」

「知ってる」天ヶ瀬は言った。「久高先輩っての人のことでしょ」

「おい、待て。なんで、それ……知って」

僕は驚く。だが天ヶ瀬は当たり前みたいに、

「なんでも何も。知ってる人に聞いただけだけど」

事実上、何も答えていないような返答だ。

浅沼《あさぬま》も認識していなかったように、特定のグループから隠れて迫害を受けていた陽星の一件を認知している者は多くない。例外は僕か与那城《よなしろ》か、その辺りだろう。

与那城が、そんな話を天ヶ瀬にするとは思えないのだが……。

「……まあいいや」

「そ。――伊織先輩は、いっつもそーんな感じですよねー」

素の口調を隠してそんなふうに言ったのは、僕に対する呆《あき》れのせいか。

面白いものだ。僕もそれなりに、天ヶ瀬が本心を言うときと、建前を言うときの口調の差がわかってきた気がする。

「さて。そんなことより、もう着くぞ」

「あっはは。やっぱねね、ここ目指してると思ってた」

訪れた場所は、あの頃の僕と天ヶ瀬が頻繁《ナツ》に通っていたゲームセンター。

ふたりで来るなら、やはりこの場所だと考えたのだ。天ヶ瀬《あまがせ》も薄々察していたらしい。

「どうする？　とりあえず音ゲーでもやろうか」

僕の誘いに、天ヶ瀬は腕をまくるジェスチャーで笑った。

「おっ、いいねー。でも言っとくけど私、あれから結構練習したから。もう伊織《いおり》より上手かもよ？」

「そりゃ頼もしいね。実際、僕はあれから一回もやってない。腕は落ちてるよ」

「えー。なんか、それはそれで釈然としない！」

「……なんで？」

「倒すなら実力で倒したいじゃん！　なんか、負けたときの言い訳されてるみたい！」

「……あれ、別に勝ち負けあるゲームじゃないよね？」

「スコアあるでしょ、スコア！　あれで勝負ね、負けたほうが奢《おご》りっ！」

「ま、いいけどな」

さて、どれほど勝負ができたものやら。

天ヶ瀬の今の実力は知らないが、僕も僕の今の実力がわからない。

――ところで。

「さっきから気になってるんだけど……いいの、アレ？」

小声で囁《ささや》く天ヶ瀬。

確かに、アレは僕も気になっていたのだが、それよりも。

「ちょ、耳元に口寄せないで？」

「――は!?」

僕は正当な抗議をした。

が、天ヶ瀬はそうは思わなかったらしく。

「今さら何言ってんのキモいんだけど！　いやキモい、恥ずかしがんないでキモっ！」

「えぇ……言いすぎじゃない？」

「うっさい！　もう、さっさと行くからねっ！」

言うなり怒ったような様子で、そのまま先に入ってしまった。

取り残される僕。ここまで言われる必要はないと思うのだが……うん、いつもの。

まあいいや、ってことで僕も天ヶ瀬の後を追う。

――もちろん僕は、本当にただ遊ぶためだけに天ヶ瀬を誘ったわけではない。

今回の件にケリをつけるべく、まずは連れ出すことにしただけだ。

だけなのだが。

背後から刺さるバレバレの視線には、気づかない振りでいいのだろうか。

「………なんだかな」

※

「……なんで、あたしが、これに付き合わないといけないワケ……？」

「さあ、せんぱいたちが中に入りましたね。追いかけますよ！」

※

店に入って、僕らはまず音楽ゲームのコーナーに向かった。

空いている筐体《きょうたい》を見つけ、プレイを始める。昔はよくやっていた太鼓のゲームだ。

ふたり分のプレイ料金を僕が投入し、バチを持って横に並んだ。

「難易度どうする？」

「もち、いちばん上っしょ。舐《な》めてんの？」

「……いや、僕ができるかわかんないんだけど……ま、やってみるか」

太鼓の縁を連打して、最大の難易度に設定。

曲をセレクトしてプレイ開始だ。

「あ、やっべミスった」

「ちょっ、最初の一個目から外さないでよ、こっちまでつられるでしょ!?」

「そう言われてもな……っ」

——始める前の宣言通り、天ヶ瀬《あまがせ》は以前と比べものにならないほど上達していた。

このゲーム、さてはやり込んでいるな、天ヶ瀬……。

「あははっ！　伊織《いおり》、ぜんぜんヘタじゃんっ!!」

「いや、思い出してきたよ。こっからだ」

ドンドンカッカッと響く爆音。

僕も慣れてきて、最序盤を過ぎた辺りから追いつけるようになってきた。

「おっ、やるじゃん？」

「まあな。思い出せばこんなもんだ——」

※

「あはははははははっ!!　せ、せんぱい上手《うま》すぎっ!?　ひっ、ひぃ——っ!?」

「いや笑いすぎでしょ……」

「だ、だってっ、ドドドドンッて、せんぱいがっ！　も、似合わなすぎ……っ！　あり得っ……やぁ、だめっ、お腹《なか》痛っ……あはははっ！　タンバリンの次は太鼓とかっ!!」

「タンバ……。……っ」

「そっちも笑ってるじゃないですか。あ、あはははははは——っ!?」

「……わ、笑ってな……くっ。……冬月《ふゆつき》あとでブッ飛ばす……」

※

なんか背後から嫌なオーラが漂ってきた気配がするが気のせいだろう。

「んー……しかし、このままだと追いつけないな」

僕は呟《つぶや》く。

後半からはミスもないのだが、天ヶ瀬《あまがせ》も失敗しない以上スコアでは追いつけない。

「ちょっとー、それじゃ面白くないんだけどー。先輩もっと本気出してよ」

「いや出してんでしょ。技術でどうこうできないでしょ、これは」

「伊織《いおり》ならどうにかできるってー。あははっ！」

無茶苦茶《むちゃくちゃ》言うな、こいつ。

……しかしなるほど。ここから僕が逆転する方法か……ふむ。

「にしてもどうだ、天ヶ瀬？　ブランクがあるにしては上手《うま》いと思わないか？」

僕は言う。天ヶ瀬は太鼓を叩《たた》きながら、

「ん……まあ確かに。さすが、私の師匠だけはあるね」

「師匠って……」

「そうでしょ？　私に初めてを教えてくれたの、伊織だしー？」

「嫌な言い方しないでくれる？　……まあ一度覚えりゃ忘れないもんだ。スキーみたいなもんだな。あれも一年滑らなくて不安になるけど、いざやると覚えてたりするし」

「おぉ？　伊織、スキーできるんだ？」

「まあ一応。天ヶ瀬は？」

「私はやったことないなー。ね、いつか連れてってくれる？」

「スキーにか？」

「私を苗場《なえば》に連れてって、的な！　あははっ！」

「よくそんな古い言葉知ってんな……お前、歳《とし》を誤魔化《ごまか》してんじゃねえの？」

「しっつれいな！　昔、伊織が言ってたんじゃん！　つまり全部、冬月のせいだっ！」

「……青春が純白で悪かったな」

「あっはは。伊織オールドマンだー」

「どういうこと？　てか何、この広告トークは」

※

「好き!?　好きィ!?　――今言いましたよ聞きましたよね好きって!!」

「いやスキーでしょ。聞こえてたでしょ。あんたもうそれ言いたいだけでしょ……」

「……てへっ☆」

「帰る」

「すみませんすみませんすみません待ってっ！　あれー、なんかこれ伊織《いおり》くんせんぱいのときと同じ扱いされてませんっ!?　わたしっていつもこんなですか!?」

※

「しかし、スキーに連れてってくれ、ねえ……。ちょっと難しいな」

「えー、ケチくない？」

「悪い。代わりにハワイで手を打ってくれ」

「あははっ！　何それ、むしろグレード上がってんじゃん！」

「ああ。そういや誘ったら断られたんだっけか。残念だ、ひとりで行こう」

「ペア券おひとり様とか！」

「…………」

「…………」

「チッ」

「残念。話しかけられてもミスしませーん」

作戦失敗。

そのまま一曲が終了し、僕はスコアで敗北した。

※

「え。今おもっきしハワイに誘いましたけど。海外旅行に誘いましたけど？」

「…………」

「なんか言ってくださいよ!?　ああもう伊織くんせんぱいのばかっ!!」

※

「……んー。負けたか」

と、僕は呟《つぶや》く。天ヶ瀬《あまがせ》は愉快そうに笑った。

「んじゃ、わたしの勝ちですねー？　なんかあっさりだったけど、奢《おご》りってことで」

少しだけ考えて、それから僕は言った。

「いや。まだ一曲だけだ」

「え？」

「クリアしたんだから次の曲に行けるだろ。ここは総スコアで勝負しよう」

「……ふーん？」

僕の発言はせこかった。

が、それに天ヶ瀬はふっと笑って。

「いいじゃん、面白い。――んじゃそうしよっ！」

新しい曲を選び、太鼓をドンッと叩《たた》いた。

4

で、普通に負けた。

「――どうぞ」

「やった。ふふ……っ」

僕はプレイ料金にプラスして、ジュースも一杯奢らされる羽目になる。

まあね。僕もブランクがね、うん。ありましたからね……。ちょい悔しい。

「あー、楽しかった――っ！」

いつかも座った、フロアの端のベンチに腰かけ、天ヶ瀬は満足げな表情で伸びをする。

僕も自分の分のコーヒーを買い、紙コップを持って隣に腰を下ろす。

「ね、次はどうする？」

勝ったからか、天ヶ瀬はどうも機嫌がいい。

「なんでもいいけど。なんかやりたいのあるか？」

「えー？　これデートなんでしょ、一応。そういうのは引っ張ってくんなきゃ」

「え、そういうもん？　あれこれ強引に引っ張ってくほうが悪いかと思ったんだけど」

「ああ、そういうこと？　んー、確かにね。そういう気遣いはプラスかも」

にひひ、という愉快そうな表情。

このとき初めて、僕は天ヶ瀬まなつが《ナツ》と同一人物だと腑《ふ》に落ちた気がした。

素直で飾ることのない、自分が楽しいのだということを隠さない態度。

「でもやっぱり、私も女の子だし？」

「……それが？」

「ちょっと強引にされるのも、それはそれでアリなときも、あり？」

「なしで」

「何が!?」

適当なことを言って笑い合う。そんな、なんでもない時間の貴重さを、きっと天ヶ瀬《あまがせ》は知っている。僕の胸にも、それを尊いと思う感情が確かに、灯《とも》っているのだろう。

――だとしても。

あるいは、だからこそ――僕はそれを否定する。しなければならない。

「……これがお前の望みなのか？」

「ん？」

と首を傾《かし》げる天ヶ瀬に、僕は続けて。

「《星の涙》だよ。願ったんだろ、お前が。この状況を」

「……なんで？」

「なんでも何もって感じだな。今日までいったい、どんだけいろんなことに巻き込まれたか。イベントが起こりまくりで参るよ。まあ、別にそれも悪くはないいんだが」

「それが、星の涙のせいだって？」

「ほかにないだろ。なにせ僕は、そのたびに強く、心を惹《ひ》かれてる」

「…………」

「誘惑を振り払うのが大変で困った。僕も毎日、遊び惚《ほう》けてたいと少し思ったね」

──実際。この数日間は、僕にとっても、きっと。

「楽しくなかった？」

天ヶ瀬は、そう僕に問う。僕は笑って。

「楽しかったよ。それは認める」

新しい友達もできた。旧《ふる》い友達とも再会できた。

それを尊いと思う感情は僕にもある。でも、だからこそ。

「もう、いいんじゃないか？」

「いいって、何が？」

「この《願い》だよ。こんなこと、別に願わなくてもいいって……わかるだろ？」

──楽しい日々を過ごしたい、なんて。

それはきっと、誰もが抱える祈り。誰もがそう願いながら、毎日を生きている。

だから、ダメなのだ。

その価値を、あんな反則めいた石で塗り替えるなど、あってはならない。

「──なるほどね」

果たして天ヶ瀬は、そんなふうに呟《つぶや》いた。

笑っていた。

「ねえ、訊《き》くけどさ伊織《いおり》。私がいったい、星の涙に何を願ったと思ってるの？」

「――え……？」

その問いが予想外で、僕は思わず面食らった。

「ただ楽しく過ごしたいだけ……お前が言ってたことだろ？」

「うん？　ふうん、へえ。私がそんなコト言ったんだ？　へえ、そう……」

「……？」

なんだ。何か強烈に違和感がある。

「そういうことだったかー。なるほど、さすが私……よくやったってところかな」

「何、言って」

「うん、そうだよ。せいかーい。わたしの願いは友達が欲しい、なのでしたー」

「…………」

何かを、決定的に見過ごしているのだと、このとき僕は気がついた。

前提が違ったのだ。天ヶ瀬《あまがせ》が星にかけた願いは、そんな単純なものではない――。

「じゃあ……じゃあそうだ、代償は……？」

僕は問う。

星の涙に願いを叶《かな》えてもらう以上、天ヶ瀬は何かを、必ず代償として支払っている。

「お前、そうだ……何か、見合うものを支払ってるんだろ……？」

「わたしが？　願いの代償を？」

「それを教えてくれ。お前の願いが《友達》だってんなら、その代償に何を――」

「――別に？」

と、天ヶ瀬は首を振る。

答えなかった。

彼女は、僕の問いに答えない。

「大したものじゃないって。そうでしょ？　大した願いじゃないんだから、大したものも取られてない！　それで問題ないってコト！」

「そんなはずあるか。星の涙は、そんな生易しいものじゃ――」

「――そういうの、いいって言ってる」

強く。

天ヶ瀬は僕を拒絶した。

「いいからさ。そんな楽しくない話、やめようよ。せっかく昔みたいに遊びに来られたんだから、伊織《いおり》はもっと楽しむべきだよ。――もっと笑ってないと、ダメだって」

「……天ヶ瀬」

「昔、私に言ってくれたじゃん。私といっしょにいると楽しいって。だったらもっと私と笑ってようよ。笑顔でいてよ。なんで、そんなつまらない話するの……？　私といるの、楽しくない？」

「僕は、――いや、今は僕の話じゃ」

「私は伊織《いおり》の話をしてる」

いや、違うのだ。

これはきっと拒絶ではなくて。

「さっき言ってたじゃん。言ってくれたじゃん。この数日、楽しかったって。ならそれでいいじゃん。なんで終わらせようとするの？　ううん、――なんで終わらせないの？」

「……何を言って」

「聞いたよ。私は知ってる。伊織、ずっと昔のこと後悔してるんでしょ。そのせいで私に会いに来られなくなって……今もずっと、昔のこと引きずって生きてるんだよね？」

ふっと、天ヶ瀬《あまがせ》は肩の力を抜き。

僕に向かって笑みを見せる。

その笑顔は、けれど――とてもではないが楽しそうには見えなくて。

「そんなの面白くないよ。少なくとも私は楽しくない。もっと楽に生きればいいじゃん」

「……お前……」

「だから、はい！　こんな話はもう終わり！　まったくもう、伊織って空気読めないよねホント。そういうとこマジでキモいから、直したほうがいいと思うよ、わたし」

そう言うなり天ヶ瀬は、ジュースを飲み干した紙コップを握り潰して立ち上がる。

あまりにも強引に、天ヶ瀬は話を断ち切ろうとしている。

「それよりさ、次はクレーンでもやろ、伊織。わたしが決めていいんでしょ？」

「お、おい……天ヶ瀬、」

「ほら！　昔さ、覚えてる？　伊織がわたしに日記帳、取ってくれたじゃん？　あれもうないのかな？　まあないよねー。あんな景品、珍しいだろうし」

「――――」

僕は。

まっすぐ、天ヶ瀬のことを見つめていた。

「……って言ってもダメか。じゃあ仕方ない、今日は解散にしよう！」

紙コップをゴミ箱に投げ入れ、天ヶ瀬は僕を振り返る。

「……天ヶ瀬」

「ダメだよ。――ダメ」

「……」

「伊織は難しいコトばっか考えすぎ。わかってる？　それって絶対、普通じゃない。私はそんなの、楽しくないから。だから当たってるよ。私は、私が楽しく過ごすために、星の涙を使ったの。――でもそれを、伊織に止められる謂《いわ》れはない」

天ヶ瀬の決意は固い。

それだけでも、わかりそうなものだった。

——ただ友達が欲しいだけ、などという程度の望みでは、あり得ないのだと。

だが、ならばなんだ。

いったい、天ヶ瀬《あまがせ》は星の涙に何を祈っている——。

「またね、伊織《いおり》。——今日のことも、ちゃーんと日記に書いておくよ」

そんな言葉だけを残して、去っていく天ヶ瀬を僕は追わなかった。

追ったところで意味はないのだ。今の僕が、天ヶ瀬を説得することなんてできるはずがないのだから。

灯火《とうか》のときとは違う。

星の涙の使用を、本当の意味で止めようとする難しさを、僕は初めて思い知らされた。

人ひとりが、何と引き換えにしてでも叶《かな》えたいという切実な願い——。

それを止めることが、果たして僕にできるのか。

僕は、本気で考えなければならなかった。

5

しばらく僕は、そのままの体勢でベンチに座り続けていた。

すると、その隣に無言でひとり、腰を下ろす者がいた。

僕はそちらを見ない。

その彼女もまた、僕のほうを見ずに、自分で買ったらしいコーヒーを啜《すす》っている。

しばらく、そのままの時間を過ごしてから。

僕は訊《たず》ねた。

「灯火はどうした？」

「お手洗いだって。……やっぱ気づいてたか」

「ま、うるさいゲーセンの中はともかく、外にいるとき見えてたし」

「だろうね」

苦笑するでもなく、与那城玲夏《よなしろれいか》は淡々と語る。

その、何ごともないかのような静かさが、今の僕にはありがたい。

「そういやお前、天ヶ瀬ともともと知り合いだったんだってな？」

「だから言ったじゃん。——あの子が、あんたと付き合ってるなんて信用できないって」

「…………」

そういえば、それがコトの発端だったか。

なるほど。楽しく生きたくて僕を彼氏にするとは、酷《ひど》い論理破綻だ。気づけ、僕。

「中学んときの塾の知り合いだね。向こうから話しかけてきたんだよ」

「へえ……天ヶ瀬《あまがせ》が」

「そうだよ。――冬月伊織《ふゆつきいおり》を知ってるか、って」

「僕を……？」

「うん。だから、そんなクズ知らないって言ってやった。したら知り合いってバレてね」

軽く肩を竦《すく》める与那城《よなしろ》。

そりゃそうだろう。僕も笑った。

「いろいろ訊《き》かれたよ。あんたのこと、恩人だって言ってた」

「恩人？　……僕が天ヶ瀬の恩人だって……？　本人がそう言ったのか」

訊《たず》ねると、与那城は大きく息をついて。

「まあ、あんたのことだからそういう反応だろうとは思ってたけど」

「…………いや、その」

「でも無理もないかもね。あいつが何したのって訊いたら、なんて答えたと思う？」

「……なんて答えたんだ？」

「『私といっしょに遊んでくれた』」

「――――」

「それだけだよ、それだけ。それだけで恩人だって、あの子言ったんだよ。ひとりだった

自分を、助けてくれたヒーローだって。冬月伊織《ふゆつきいおり》のことをそう言ったんだから。驚くよ」

僕だって、その言葉には驚かざるを得なかった。

あいつが僕のことを、そんなふうに感じていただなんて想像もしていなかったのだ。

僕は、だって謙遜でもなんでもなく、本当に何もしていない。

天ヶ瀬《あまがせ》に対して、特別な何かをしたことなんて、本当に一度だってないはずだ。

なのに彼女は、僕に対して恩を感じているというのか。

ならば。

ならば彼女の願いとは。

「んじゃあたしはもう帰るから。もともと、あの子の付き添いで来ただけだし」

「……悪いな」

「本当だよ、ったく……あたしに押しつけっかな、普通。ちょっとは構ってやんな」

その言い回しの時点で、与那城《よなしろ》が灯火《とうか》をどう思っているのかも、割と見えてしまうが。

にしたって、あの与那城を、こんな下らない茶番に同行させているのだ。いや、まさか『自分より強い奴《やつ》に会いに行く』が本当に事実だとは、僕も予想していなかったところ。

なんだかんだ付き合っている辺り、与那城も、灯火のことは気に入っているのだろう。

だから。何度も与那城に頼っていることを自覚しながら、僕は言った。

「——なあ与那城。最後にひとつ」

6

去っていく与那城を見送って、僕はそのままベンチで待った。

この状況で先に帰ったら面白い、と一瞬だけ魔が差したがそれは堪《こら》える。

……さすがに、これ以上からかったら悪い。

「見てないで出てこいよ。――さっきからずっといるの、わかってんぞ」

「うぐ。……ふふふ、よくぞ見破りましたねっ！」

そんなことを言いながら。

物陰から、双原《ふたはら》灯火が姿を現す。

「飲み物」

と僕は言った。

「え？」

「何がいい？　奢《おご》ってやる。今まで構ってやれなかったお詫《わ》びにな」

「な、なんですか、構ってやるとはペットみたいな……」

「いらないならコーヒーにする」

「オレンジジュース！」

「よし」

　立ち上がって、自動販売機でジュースを買う。

　それを灯火《とうか》に手渡してから、再びベンチに戻って。

「じゃ、これで手打ちな」

「ズルくないです⁉　わたしの機嫌をワンコインで買えると思ってませんか⁉」

「いいだろ、別に。……隠れて覗《のぞ》いてた分は引いてんだよ」

「そ、それは玲夏《れいか》先輩もいっしょじゃ――」

「そっちじゃない。――与那城《よなしろ》と話してんのもお前、聞いてただろ」

　そう指摘してやると、灯火は肩を竦《すく》めて。

「……ぐう。なぜバレるのか……わたし喋《しゃべ》ってないのに」

　ぶつぶつ呟《つぶや》く灯火の首元には、この前渡したチョーカーがつけられていた。僕は笑う。

「気配とかじゃねえよ。――僕が天ヶ瀬《あまがせ》といるとこから見てたんだろ？　ならそんな変なタイミングでトイレなんか行くかよ普通。嘘《うそ》が下手すぎなんだよ」

「いえ、お手洗いには本当に行きましたけど」

「おっと僕が恥ずかしい」

　本当に行ってたのかよ。

　どっちにしろ、すぐ戻ってきて隠れて聞いてたんなら同じことだが。

「で、なんの用だよ？」

「なんの用と訊《き》かれますと、その。伊織《いおり》くんせんぱいと、天ヶ瀬さんの様子が気になっただけと言いますか……あっははは」

前髪を弄《いじ》りながら、言いづらそうに呟く灯火。

そんなことは、僕も当然わかっている。そうではなく。

「その上でどうかって話だ。言いたいことがあるから、そうやって隠れてたんだろ？」

「……どですかね。確かにいろいろ、言いたい恨みつらみは溜《た》まってましたが」

「そういう話のつもりじゃなかったけど……聞こうか？」

「もういいです。伊織くんせんぱい、天ヶ瀬さんを止めるおつもりなんですよね？」

「……そのつもりだったけどな」

結局、どうすればそれができるのか、僕にはまったくわからない。

「わたしのときとおんなじに」

と、灯火。僕は頷《うなず》く。

「ああ。誰であっても例外はない。星の涙は使わせない。そう決めてるが……なあ？」

「なんです？」

「あいつ、星の涙に、いったい何を願ったんだと思う？」

それを灯火に訊くことに、果たして意味はあるのか。

ああ、あるだろう。なぜなら灯火《とうか》は、僕にこう答えたからだ。

「それは、もう伊織《いおり》くんせんぱいにだって、わかったんじゃないですか？」

「……想像は、できたと思う」

「じゃあ、それが正解です。だって、ちょっと話を聞いただけで、わたしでもわかったんですよ？　ましてや伊織くんせんぱいが、わかってあげられないはずないです」

灯火は確信的だった。

それが、僕にわからないはずがないのだと。

信じた上で、彼女は。

「──天ヶ瀬さんはきっと、伊織くんせんぱいのために星の涙を使ったんです」

僕も。

今ようやく、そうなのかもしれないと思い至っていた。

冷静に考えれば、そもそも初めから、異常が起きていたのは天ヶ瀬ではなく僕のほう。

初めは僕も、天ヶ瀬《あまがせ》の願いに巻き込まれただけだと思っていた。いっしょにいる時間が長かったことも、その勘違いに拍車をかけただろう。同じことは天ヶ瀬にも起こっているものだと、僕は確認もせずに思い込んでいた。

だが──おそらく、違うのだ。

妙なイベントに巻き込まれ、それに自ら参加したいという衝動に襲われるのは、天ヶ瀬まなつではなく冬月《ふゆつき》伊織だった。ならば願いの対象は、僕だと考えるのが自然だろう。考えもしなかったのだ。

「星の涙を、自分ではない他人のために……僕のために発動したってことか、あいつ」

いや。それを言うなら《僕のせい》かもしれないが。

少なくとも天ヶ瀬にとって、僕はそれをするに値してしまう人間だったのだから。

──考えてもみれば、しかし単純なことだろう。

僕の人生に、特に理由もなく近づいてくるかわいい後輩なんて存在しない。

それくらい察しておくべきだった。

調子に乗らないでほしい。お前如《ごと》きが理由なく後輩に構われると思っていたのかと。

「伊織くんせんぱいも、同じようなことしてたと思いますけどね」

灯火は苦笑交じりに言う。僕は首を振って、

「僕は……僕は違う。僕は究極的には、自分のためにやった行動だった。そのことは星の涙が持っていった代償が証明してる」

「そうですか。……なら、そういうことにしておきましょう」

なるほど。灯火のくせに、なかなか生意気なことを言う。思わず吹き出した。

「でも、──あいつは違うんだな」

天ヶ瀬はまなつは、僕とも灯火とも違った。

道理で、止めようとする説得が功を奏さないわけだ。

彼女にとって、僕は星に願ってでも助けなければならない人間だったということだ。

その張本人から止められたって、彼女が言うことを聞くはずがない。

「参ったね、どうも……僕はそんなふうに、救ってやらなきゃいけないように見えるか」

「……救いたいとかじゃないですよ、きっと。わたしは少し、……わかる気がします」

灯火《とうか》は言った。

彼女は僕のことを見て。

「わたしがいったい、どれほど伊織《いおり》くんせんぱいに感謝しているのか。だって、当の本人だけが、それをまったくわかってくれないんですから」

「……お前、」

「わたしはせんぱいに助けてもらいました」

ふっと、灯火が笑みを浮かべる。

だが違う。そんなことはない。

僕はただ彼女の願いを邪魔しただけの男だ。そんな評価にそぐわない。

けれど灯火は、僕が何を言わずとも、僕の目を見たままに語る。

「と言ってもせんぱいは絶対に認めないんでしょうけど！」

「……いや、その」

「わたしはそう思ってます。わたしが、そう思ってるんです。別に、伊織くんせんぱいの意見とか聞いてるわけじゃないんで、余計なこと言わないでほしいですよね」

「まだ何も言ってないだろ……」

図星だっただけだ。閉口せざるを得ない。

「だけど、せんぱいはいつも、そうやってひとりで傷ついてる」

それは違う。――それでもそれは、違うんだよ、灯火。

僕は傷ついてなどいない。僕はこれでいいと――これがいいと思ってやっている。

お前の意見を、聞いているわけじゃない。

だから構わない。

僕の心の中の温度を――お前が、見抜く必要はないんだよ、灯火。

「本当は優しい人だから。ほかの誰かの願いを潰すなんてこと、何も感じずできる人じゃないんです、伊織くんせんぱいは。いつだって、苦しまなくていいのに苦しんでる」

「…………」

「今回だってそうです。せんぱい、わたしには何も相談してくれない。わたしにだって、きっと何か、手伝えることはあったと思うのに」

「……どうかな。お前に手伝われても、なんか逆効果になりそうな気がするけど」

「あっ、ばかにしてますね！　……話を誤魔化《ごまか》したいからだ」

灯火《とうか》に見抜かれるようではお終《しま》いだった。

肩を揺らす。秘したものを暴かれ、それでも隠そうとする悪足掻《わるあが》きだ。

「そんなせんぱい相手ですからね。どうにか恩を返そうと思えば、多少は無理も通さないとです」

「どう言われようと、僕には関係ないけどな。自業自得を憐《あわ》れまれても困るだけだ」

「せんぱいはそうでしょうねー。いや別にせんぱいを憐れんだりしませんけど」

「そう言われるのもなんだかな……」

「えっ。そんな面倒臭い彼女みたいなコト言われましても」

「それお前に言われる⁉」

「その反応されるのも『なんだかな』ですけどぉ‼」

バカな会話だった。

バカ同士で話しているだけはある。

「さて。ではせんぱいは、これからどうされるおつもりですか？」

灯火はそう、僕に訊《たず》ねた。

少なくとも僕は一度、灯火に願いを捨てさせている。

それを今回はやめるだなんて言えないし、そもそもそんなつもりもない。

ならば『どうする』とは、方針ではなく手段の問いだ。

僕は答えた。

「……どうしよ？」

「えー!?　そこもうちょっと格好《かっこ》よく決めるところじゃないんですか!?」

「お前、今日まで僕が格好いいシーン、秒でも見たのかよ」

「秒はありましたよギリ！」

「どっちにしろ赤点じゃねえか、おばかたれ」

「おばかたれぇっ!?」

心外だとリアクションする灯火はともかく。

実際、ちょっと方針が立たない。どうやってこれを止めろというのだろう。

「……まったく。伊織《いおり》くんせんぱいは、難しく考えすぎなんです。何度同じこと言わせる気ですか。そろそろ学習してください」

「いや、初めてじゃない……？　言われたことあったっけ」

「なくてもみんな思ってるって話ですよ！」

「暴論じゃん」

いや、いいけどさ。

灯火は言った。

「言ってあげればいいんですよ。せんぱいが、いつも心配だけはかけてくるけど特に気を遣われるに値しない何も困ってない放っておけば基本ひとりでなんとかなるタイプのダメ人間だってことを！」

「ねえ、もしかして喧嘩《けんか》売ってる？　悲しくて買えそうにないけど」

「だってそうでしょう？」

そして。

灯火《とうか》は快活な、——明るい満面の笑みを作って。

「せんぱいにはもう、灯火ちゃんという強い味方がいるのですから！」

むふん！　と誇るみたいに胸を張った。

「く、……っふはは、なんだそれ」

僕は思わず笑ってしまう。

そんな僕を見て、灯火は失礼にも「どぅえ、せんぱいが笑った!?」などと宣《のたま》ったが。

それでも、しばらくして自分も、おかしそうに笑い出していた。

「……なーんか、笑う伊織《いおり》くんせんぱいってのも妙な気分になりますね」

「うっせ。つーか笑ってねえよ別に」

「なんですか、その無意味な抵抗。かわいいですね」

「うっせーっつの。……でも、まあ効いたわ。確かにお前の言う通りだ」

「わふっ!?」

驚く灯火の頭を、強引に強く撫《な》でる。

それは、今の自分の顔を見られないように、強引に灯火の視線を下げるためで。

「ちょ、セクハラなんですけど！　灯火ちゃんの頭を触るときは事前に予約を――っ」

「そう言うな。今日くらいいいだろ、許してくれ」

「……せんぱいがそんなコト言うなんて、鬼の錯乱です」

「そんな日本語ねえよ。霍乱《かくらん》だろ」

けれど灯火の言ったことは、今の間違った表現以外はおおむね正しい。

確かにそれは、その通り。今さら天ヶ瀬《あまがせ》が、僕に気を遣う必要など存在しない。

なぜなら僕には――少なくとも友達はいるのだから。

「オーケー。そうと決まれば行くとするか」

「天ヶ瀬さんのところですか？」

「当然。僕は思い立ったら即、実行する」

「そうですねー。いきなりウチ来ましたもんねー？」

「え。何、あれ根に持ってんの？」

「たくさん持ってますけどぉ！　売って歩けるくらいですっ！」

「一個にして」

「そういう意味じゃ、ぬぁーいっ!!」

ともあれ。

僕のやるべきことは、決まった。

だから僕は立ち上がって、それから前に歩き出す。

「先に行くぞ。――それとも送ってやったほうがいいか？」

「魅力的なご提案ですね。わたしは、いつも迎えに行っているわけですし」

「頼んでない」

「いつも迎えに行っているわけですし！」

「あ、うん……。そうね、ありがとうね」

「たまにはお返しに送っていただくのもアリではありますが。――今日はご遠慮します」

「そうか。……灯火《とうか》」

「はい？」

首を傾《かし》げる、かわいらしい後輩に。

僕は、前を向いたまま言った。

「――ありがとな」

「にへへ」

と。僕の言葉に、灯火は蕩《とろ》けた笑い声を返す。

その表情は、なぜだろう、見なくても想像がついてしまって――。

「──伊織《いおり》くんせんぱいのデレ、久々に頂きましたっ！」

そんな自分に、思わず苦笑してしまうのだった。

「しかし伊織くんせんぱい。これからどうやって、天ヶ瀬《あまがせ》さんを探すんです？」

「いや。僕はまず、本屋に行く」

「──なんで!?」

幕間《まくあい》4『6月24日』

——驚いた。

私が進学した高校には、なんと伊織《いおり》も通っていたのだ！

ひとつ上の学年。……となると、伊織先輩って呼ばないといけないのかな。

どうも悪い意味で噂《うわさ》になっているみたいで、そのことに私は心を痛めざるを得なかった
けれど——いや、女子の間で評判が悪かったなんて私もいっしょだ。

そんなことより何よりも、伊織と再会できる嬉《うれ》しさのほうが強かった。

だから仕方がない。

そのことを私にひた隠しにしていた《先輩》には、ちょっとした恨み言も出るだろう。

「で。どうして教えてくれなかったんですかー？」

私は先輩にそう訊《たず》ねた。

けれど彼は、あの頃と変わらない皮肉な笑みを浮かべて。

「同じ学校だったら教えろ——と言われた覚えが、なんせねえからな？」

「……あのっ！」

「冗談だ、そう睨《にら》むなよ。仕方ないだろ、お前とそこまで仲よかった記憶ねえし。それに

お前の学力なら、まず間違いなく流宮《ながれみや》には受かると思ったしな。早いか遅いかだろ」

「なら早いほうがいいじゃないですか……まあいいですけど」

この先輩に何を言っても、暖簾《のれん》に腕押し。私のほうが折れるしかない。

まったく趣味の悪い……というか、性格が悪いんだと思う。

……私も、あんまりヒトのコトは言えないけど。

「つったってお前、どうするつもりだよ？」

むむむと口を引き結ぶ私に、ふと先輩はそんなふうに訊ねた。

「ど、どうするって……何がですか」

「向こうから見りゃ、お前は初対面も同然なんだろ？　正体、明かすのか」

「それは、……もちろん、そのつもりですけど。そもそも隠す意味も、もうないですし」

「さすがに、今は男じゃ通らないだろうしな――くくっ」

――その発言、セクハラじゃないですか？

と、一瞬だけ言おうか迷ったけど、結局やめた。そんなことで動じる人じゃない。

「でも、いいのか？」

「……いいって何がですか？」

ちょっとした物珍しさを感じながら、私は問い返す。

この人が、こんなふうに私にいろいろ訊《き》いてくることは滅多《めった》にないからだ。むしろ私が話しかけると、いつも嫌そうな、面倒臭そうな素振りを見せるのだが。

「今のあいつはもう、お前の知ってるあいつじゃねえだろ」

「…………」

それは、もう痛いほどによく知っている。

――伊織《いおり》は変わってしまったと。

「いや。それ以前にあいつがお前を知らないんだったか」

「…………」

「会っても気づいてもらえなかったんだろ？　それでよく肩入れできるもんだ」

「……別にいいでしょ。私の勝手だし」

「素が見えたな？　別に責めちゃいねえよ。理解する気がないだけだ」

理解できないのではなく、理解する気がない――。

こういう言い回しが、好きになれない。

「教えてやったと思うけどな。伊織に関わるのはやめたほうがいいって。あいつの場合、なにせ物理的にロクなことにならねえのがわかりきってんだ」

「……私は、」

「お前だってあの日、あの場所に来てたひとりなんだ」

――あの日。

私たちが、あの丘で——星の涙を拾った日。

「まあもっとも、お前がいたのを知ってんのは俺だけなわけだが。……だからこそお前は知ってるはずだぜ？　奴《やつ》からあの話を聞かされたのも、俺たちだけなんだ」

「……ナナさんのコト？」

「そうだよ、あの不審者の話だ。お前も聞いたろ、伊織には関わるな。それがわからないほど、お前は馬鹿じゃない——と、俺はそう踏んでるんだがな」

「……私は！」

「それとも罪悪感か？　気にするなよ、別にお前のせいじゃない。お前が何もしなかったからって、それでお前が責められる謂れはないんだ。それは、俺が保証してやるよ」

——そうだ、私は知っていた。

いつか伊織が、目も覆いたくなるほどの過酷に晒《さら》されるということを。

あの日、まだ幼かった頃、私は確かに聞いていたのに。

そんなことすっかり忘れていた。気にもしていなかったのだ。そのせいで、私は伊織を助けることができなかった。私は確かに、伊織に救われていたというのに。

「……今、伊織は」

訊《たず》ねた言葉に、先輩は小さく息をついて。

「あのとき聞かされた通りだろ。今年で七年目、つまり最悪ってことだ。ま、奴《やつ》の場合は中学で充分に痛い目見たらしいけどな。いじめられてる友達を助けようとして、星の涙を使っちまったらしい。——どうなったか、お前、知ってるか？」

「どう、なったの？」

「——忘れられたんだとよ、その親友に。自分の存在そのものを。二度と覚えることすらできないレベルで完全に、そいつの人生そのものから冬月《ふゆつき》伊織《いおり》が消え去ったのさ」

「それ、って……」

「どう思う？　どうなんだろうな、実際」

わからない。わかるわけがない。

自分が助けようとした人間の世界から、自分が完全に消え去る気分なんて。

想像できるはずがない。

「誰かの人生から、自分が完全に消える気分、か。さすがの俺も、そこまでとなると想像できねえ。……伊織も馬鹿なもんだ。別に、あいつが悪いってわけでもないのに——」

「……先輩？」

「んにゃ、なんでもねえよ。それより、お前はこの期に及んでどうするつもりだ？」

「私、は——」

——私はどうするべきなのだろう。

ただ会って、話をして、自分があのときの《ナツ》だったと伝えるだけでいいのか。

違う。きっと、それだけでは足りないのだ。

それでは、伊織に顔向けできない。私がするべきは、ならばもっと、別のことで——。

「……そうか」果たして先輩は、私の顔色だけで答えを察して。「まあ強制できた義理はない。俺としては残念な答えだし、理解したくもないが。お前はそっちを選ぶんだな」

「そっち、って……」

「あのときただ、後ろをこっそりついて来てただけの奴がな……お前がいちばんマシだと思ってたんだが見込み違いだ。ま、せめて俺には迷惑をかけないでくれや。それだけだ」

「………」

「俺は関わらない。星の涙を使うなら最低限、俺のいないところでやってくれ」

その言葉を最後に去っていく先輩を、呼び止める言葉は持っていなかった。

——結局、私は星の涙を使うことを、心に決めた。

たとえその代償に、自分の大切なものを差し出すことになろうとも——。

第五章『真夏の罪』

1

夜の、だいたい二十時少し前、……だろうか。

約束の場所に、約束通り――天ヶ瀬《あまがせ》まなつは現れた。

「……こんな時間に、後輩の女の子呼び出すかな、普通」

はあ、と息をつく天ヶ瀬。不服そうだ。

一度帰宅したから、天ヶ瀬も僕も私服に着替えている。

天ヶ瀬の私服は、少しだけボーイッシュながら、シャープな輪郭の装いに思えた。もともとスタイルもいいから、きちんと女の子らしい恰好《かっこう》なのに、少しナツを思い出させる。

肩には少し大きめの鞄《かばん》を下げていて、憮然《ぶぜん》とした視線がこちらを射抜いていた。

僕は軽く、肩を竦《すく》めて嘯《うそぶ》く。

「でも来たじゃん」

「仕方ないでしょ！　何あの通話、完全に脅しじゃん！　通報しようかと思った!!」

本当に通報されていたら、それで僕の負けだったのだが。甘い話だ。

第一、それ以外に天ヶ瀬と会う方法が思いつかなかったのだから仕方がない。

――というのも、呼び出した際の実際のやり取りが、まあ以下の通りで。

『もしもし。今どこにいる？』

『いや、何……急に。普通に家だけど』

『出てこい』

『は？　――あのさあ、私、さっき別れて――』

『知るか。意見は聞いてないんだ。出てこないなら僕のほうが家まで迎えに行く』

『はあ⁉』

『場所は、そうだな。こころと会った公園でいいか？』

『待って待って。話の展開がおかしい』

『だから知らん！』

『何それ⁉』

『言っておくが僕は実際、一度は灯火《とうか》の家にまで押しかけた実績がある。口だけじゃないわけだ。――やるぞ、僕は』

『そんな斬新な脅し、聞いたことないんだけど⁉』

『そう褒めるな。それよりどうする？　僕に押しかけられるか、自分から来るか。好きなほうを選んでいいぞ』

『わかった！　わかったから絶対来ないで！　あと待ち合わせの場所変えて！』

『わかった。どこがいい？』

『え、えっと……じゃあ、そう。七河公園《ななかわ》!!』

……まあ恨み言を言われて当然の脅しだった。

これで来るんだから、天ヶ瀬《あまがせ》も、……なんというか。

「さて。その辺にベンチがあったな。とりあえず座ろうぜ——それとも上まで行くか？」

訊《たず》ねた僕に、じとっとした視線を向けて。

「嫌だよ、面倒臭い」

「そうだな。僕も正直、今日は登りたくない。荷物もあるしな」

僕が持っている鞄《かばん》を天ヶ瀬は見つめたが、特に触れず。

「……なんで呼び出したわけ？」

不機嫌に訊ねる天ヶ瀬に、僕はしれっと肩を竦《すく》めた。

「お前が勝手に帰っただけだろ？　僕はまだ、デートが終わりだなんて言ってない」

「あんなことがあって、普通その日中にまた呼び出そうとするかな……」

「……へえ。あんなことって？」

「あんなことでしょ。せっかく遊んでたのに、雰囲気悪くしたの伊織《いおり》じゃん」

「そう、か……そうか」

──今日のことはまだ覚えているのか。

ならデッドラインは眠った時間か、あるいは零時か……まあいい。

「天ヶ瀬」

と、僕は言った。

天ヶ瀬は近くのベンチに腰を下ろすと、こちらを睨《にら》みつけながら。

「何？」

不機嫌そうにそう零《こぼ》す。

僕は苦笑しつつ、その隣に座った。

そして言う。

「まあ、なんだ。……まずは、ありがとうな」

「は？　……いや、何が……？」

「僕のためにやってくれたんだろ？　自分のためじゃなくて──僕のために」

「──っ」

天ヶ瀬は小さく息を呑《の》んだ。

なんだろうな。こんなことを話に出すのは、お互いに恥ずかしい気がするが。

「僕の言ってることは的外れだった。お前は星の涙を、自分のためには使わなかったんだ。自分じゃなくて全部、僕のためにやってくれたことだったんだろ。なら礼くらい言うさ」

「っ、わ――、私はっ！」

「その上で言うけど余計なお世話だ」

直球で言った。

一瞬、天ヶ瀬《あまがせ》はぽかんと目を見開いて。

「……それ最低じゃない？」

「最低？　ああ、そりゃいい響きの言葉だ。その通りだよ」

「……開き直るしさ」

でも、これは言っておかなければならないことだ。

天ヶ瀬だって、わかっていたと思うが。

それでも、僕がそれを望んでいないという事実は言葉にしておくべきだった。

「なら、私も開き直っていいんでしょ？」

天ヶ瀬は僕に言った。

その通りだ。僕が望んでいないからといって、天ヶ瀬がやめなければならないわけではない。僕は必要ないと告げただけで、判断するのはあくまで天ヶ瀬なのだから。

僕が誰かに《星の涙の使用をやめさせようとする》限り、この問題は常につきまとう。

「そうだな。いや、もしお前が僕に同情して、星の涙を使って楽しませようとしてるだけだったら、僕もやめろと言ったかも――その権利が自分にあると思ったかもしれないが」

「……………」

「天ヶ瀬は別に、そういうつもりじゃないんだろ？」

「ふぅん……それは、ちょっと驚いたかも」天ヶ瀬は笑った。「今の伊織《いおり》は気づかないと思ってた。なんでわかったの？」

「ん……まあ単純な話だよ。だから言いたくない」

「何それ」

くすり、と天ヶ瀬は笑みを零《こぼ》す。

察したのかもしれないけど、あえて確認する気にはなれなかった。

──せんぱいにはもう、灯火《とうか》ちゃんという強い味方がいるのですから！

なんて。あんなアホみたいな言葉に諭されたとか、恥ずかしすぎて言えるものか。

「ま、僕はそれなりに楽しく生きてるっつー話だ。それがわからないお前じゃないだろ」

「へえ。そっか。そうかもね」

「そういう意味ではお前、意外と策士だよな。初めから僕が勘違いするように仕向けてただろ？　楽しく生きられればいいとかなんとか……気楽な振りして僕を騙《だま》した」

「それは心外。別に私は嘘《うそ》ついてたわけでも、騙そうとしてたわけでもないから。伊織が勝手に勘違いしただけでしょ？　そこまで計算してないっての」

「そうか？　じゃ、それは買い被《かぶ》りだったな。訂正する、お前はそこまで考えてない」

「言い方ぁ！」

心外そうに天ヶ瀬《あまがせ》は叫んだ。

僕は肩を竦《すく》める。

「まったく……それで？　じゃあ結局、伊織《いおり》は、私の本当の願いがわかったわけ？」

天ヶ瀬は、ふっと息をつき、それから僕に訊《たず》ねた。

どうなのだろう。果たして天ヶ瀬は、僕に理解してほしいのか、それとも逆なのか。

――他者の切実な願いを踏み躙《にじ》るために必要なこととはなんだろう。

氷点下の心は、そのひとつの武器になった。だがそれは前提であって、根本じゃない。

ただ、少なくともやっておかなければならないこと。

それは、願う者が、果たして何を願ったのかということ――それを知っておくことだ。

たとえば灯火《とうか》の本当の願いが、姉に庇《かば》われて生き残ってしまった罪悪感に起因していたように。

あるいは僕の願いが、ともすれば自分では陽星《ひせ》を助けられなかったという、無力感への嘆きが大元であるかもしれないように。

失ったものを取り戻すことに特化する星の涙は、持ち主の罪の意識を強く反映する。

今回、僕の身に起こったこととは、果たしてなんだったのか。

天ヶ瀬のことを、自分の彼女だと思い込んでいた。

朝に公園で、困っている小学生と出会った。

ハワイ旅行のチケットが当たった。

中学の同級生と再会した。

いろんな人間から、声をかけられるようになった。

——そういった諸々《もろもろ》のわかりやすいイベントに覆われて、見失っていたものがあるのだと僕は思う。

大きなヒントになったのは、初めてこころと出会ったときのこと。

これだけだったら、逆にもう少し早く気づけたのかもしれない。だがその後も連続して起きた様々な出来事のせいで——おそらく僕はあのイベントの意味を履き違えた。

おそらく。

——こころと出会ったのは本当に偶然で、星の涙が起こした現象の一環では、ない。

「こころを見つけたとき、あったろ。一回目」

「公園で、ですよね。探し物をしてて、それで」

「あのとき僕は、公園に入ろうとした瞬間に強い頭痛を感じた。あの公園に入ろうとすることに、拒絶反応でも出たみたいに。——これだけ、ほかで起きたイベントと違う」

「頭痛……?」

首を傾《かし》げる天ヶ瀬に僕は言う。

「理由はわからないが、どうも僕は星の涙の効果にある程度まで逆らえるらしい。お前を自分の恋人だと思い込んでたのも、結局は自力で解いただろ？」

「……そういえば」

思い出したように、天ヶ瀬《あまがせ》は目を見開く。僕は続けて、

「で、どうもそういうとき、僕は頭に殴られたみたいな痛みを感じるんだ。星の涙の干渉力に逆らってる、その反動みたいなもんなのかね……わからんけど、このところずっと、僕は何度も誘惑されそうになっては、必死で抵抗してきた。——ほら、おかしいだろ」

星の涙で起こされた現象は、何もイベントの発生だけではない。

重要なのは、その《楽しそうなこと》に関わりたい、という強い衝動が、同時に襲ってくることのほうなのだ。明らかに、僕をそちらへ誘導しようとしていた。

「こころと会ったときだけ、ほかとは逆なんだ。あのとき僕は、公園に入ろうとしたその瞬間に頭痛を感じた。自分から素直に関わろうとしていたのに、あの公園に入ろうとすることのほうを止めようとするみたいに頭痛が起きた——星の涙に干渉された」

それは、つまり。

——あのときこころと出会うことだけは、天ヶ瀬の意思《ねがい》に背く行動だったということ。

「いったいなぜかと思ったね。ただイベントを起こしたいだけなら、むしろ星の涙は積極的に後押ししていいはずだ。いや実際、僕もついさっきまで、こころと出会ったのも星の

涙が起こしたことのひとつだと思い込んでいた。でも違う。むしろ正反対だ。思い返せばあのときの天ヶ瀬は、こころに声をかけに行くことに乗り気じゃなかったしな」

楽しく生きよう、という天ヶ瀬の言葉とは裏腹、そこは阻害された。というより、あの一件があったからこそ、星の涙は《楽しそうなこと》を起こすという形で発現した——いや、発現し直したのだろう。実際に、僕が様々な事態に巻き込まれるようになったのは、こころと出会ったあとからだ。

あの日の午前中までは、星の涙の発動の仕方は今と異なっていた。

「そう考えると、僕はあの日、たまたま灯火《とうか》が寝坊してウチに来れなかったこと含めて、星の涙の仕業なんじゃないかと思うんだよな。ま、どれにしたとこで確証はないが」

星の涙の対象は僕で、けれど僕は星の涙の力に抵抗する。だからこそ、星の涙は、いや天ヶ瀬は、僕が抵抗するたびにアプローチを変えた。

——天ヶ瀬を彼女だと思い込んで、いっしょに行動するように仕向けたこと。

——灯火を寝坊させたり、こころに声をかけようとする意志を邪魔したこと。

——様々なイベントが発生し、それらに関わりたいという衝動が起こること。

この三つが、全て違った形の現象なのだとすれば、辻褄《つじつま》が合ってくるように思える。

けれど現象が違っても、天ヶ瀬の願いそのものは変わっていないはずだ。彼女の目的を叶《かな》える、その手段が次々に変わっただけ。

ならばその根幹となる天ヶ瀬《あまがせ》の願いとは、果たしてなんだ？

これまでの現象、全てが目的を同じくするとして、その共通点とはどこにあるのか。

僕は言う。

「こころのときだけ邪魔された理由は、たぶん——僕がこころを助けようとしてたから」

天ヶ瀬の顔を、ふと覗《のぞ》いた。

隣に座る彼女は、僕のことを見ていない。その目は高く——星の方向を見据えている。

それでも聞いていることはわかるから、僕はそのまま言葉を続けた。

「考えたのは、もしも僕があのまま、星の涙に誘導されるままになっていたら、いったいどうなってたかってことだ。お前を恋人だと思い込んでいたらどうなったか。いっしょに楽しく過ごしてたかね。ハワイ旅行が当たったな。流宮《ながれみや》を離れて楽しく遊びに行けるわけだ。いろんな人と知り合った分、知り合った人と過ごす時間が多くなる」

普通の高校生のように、青春という名の時間を得て。

その分だけ、これまで使えていた時間を対価として失うのだ。

「そしたら僕は——星の涙を使おうとする誰かを、もう探さなくなるんだろう」

天ヶ瀬は何も答えなかった。

それが、答えだった。

——今日まで、高校に入ってからの僕の時間は、全てがそのために費やされてきた。

僕が氷点下になった理由もそれだ。ほかの何を犠牲にしても、僕は星の涙が引き起こす事件があれば必ず首を突っ込むだろうし、諦めさせるために奔走する。必ずだ。

ならば、天ヶ瀬の願いとは。

かつての友人――ナツという少女が、変わり果てた僕を見て思ったこととは何か。

「お前は……僕に、」

「――伊織に、昔みたいに戻ってほしかった」

それは、ささやかな願いだった。

彼女は言っていた。初めから全てを正直に語っていた。

楽しく過ごしたいと。友達が欲しいのだと。ほかでもない僕に向けて言っていたのだ。

「星の涙のことなんて忘れてほしかった。ひとりで傷つかないでほしかった。つらそうな顔なんて見たくなかった。前みたいに笑ってほしかった。いっしょに……遊びたかった」

「……天ヶ瀬」

彼女は僕の顔を見た。

体を、こちらにわずか傾ける。

縋《すが》るみたいに、僕らの距離は近づいた。

「わかってる……、そんなの私のエゴかもしれない。でも伊織《いおり》を助けたかった。私のことなんて思い出してくれなくてもいい。ただあの頃みたいに、伊織には楽しそうに笑っててほしかった。だって、だって私は覚えてる！　伊織《いおり》が、私を助けてくれたってことを！」

「…………」

それほどまでのものを。

僕は本当に、天ヶ瀬《あまがせ》に与えられていたのだろうか。

わからなかったのは、それが理由だろう。

だって、僕には理解できない。天ヶ瀬がここまでする理由が、僕には本当に、想像すらすることができなかったのだ。ここまで過大な評価を、受ける謂《いわ》れが僕にはなかった。

「私は、ずっと……ひとりだったから」

けれど天ヶ瀬は語る。

自分には、それをするに足る理由があるのだということを。

「ひとりじゃ本当はつらくって、本当は友達が欲しかったのに……ずっと意地を張ってた私を、伊織が助けてくれたんだよ？　伊織が、私に教えてくれたんだよ！　なのに――」

天ヶ瀬の手が、僕に向けてそっと伸ばされた。

右手の、細く嫋《たお》やかな指が、僕の頬《ほお》へと恐る恐る触れる。

「――なのに、私は伊織を助けてあげられなかった」

「お、前……っ！」

その言葉に受けた衝撃は、あまりにも筆舌に尽くしがたい。

だってそれは、その罪悪感は——すでに一度、失敗した人間だけが抱くはずのものだ。

「知っ、てたのか……？　僕が、中学時代にやった、ことを……、最初から？」

「友達だったのに。私は友達だって言ったのに。伊織がいちばんつらかったときに、傍《そば》にいてあげることもできなかった。何もできなかった。何が起きたのかも知らないで、私はひとりで、自分だけ楽しく暮らしてた……。知ってたのに。本当は全部わかってたのに！　知らない振りして、見ない振りして……伊織のこと、見捨ててたんだよ……」

「おい、天ヶ瀬……僕、は」

「——だって、伊織、泣いてたじゃん!!」

今度はその言葉に混乱する。

泣いていた……誰が。僕が……？

そんなはずはない。

僕は、あの失敗から先、一度だって涙を流していない。

そんなことが許されるはずがない。

「私、見たんだよ……」

だが天ヶ瀬は僕の両腕を力なく掴《つか》んで。

自分のほうこそ泣き出しそうな、震える声音で僕に言う。

「一回だけ。あの夏のあと、一回だけ……伊織に会ったんだよ、私」

「……僕と」

「ずっと探してたから。会ってお礼が言いたかったから。今度は、私が天ヶ瀬《あまがせ》まなつって名前なんだって、ちゃんと伝えたくて。だから、街で見かけたとき——私、声をかけたんだよ？　——だけど伊織《いおり》、もう、そのときには……すごく、怖い目になってて」

いつの話だろう。僕には、まるで記憶がない。思い出す気配すらなかった。

だが、時期を考えればきっと、僕が自分の失敗で自棄《やけ》になっていた頃なのだろう。

確かにそのとき、知らない女子中学生に声をかけられたところで、僕は真っ当な反応を返さなかったに違いない。邪魔だ、くらいのことは吐き捨てた可能性がある。

いや。仮に相手が、ナツだと気づいていたところで——。

「私は……悲しかった」

「それは——」

「違う、違うの。気づいてもらえなかったとか、酷《ひど》いこと言われたとか、そういう話じゃない。私は、伊織があんな目をしてることが耐えられなかった！　だって知ってたんだ！　知らなかったんじゃない、知ってたんだよ私は！　全部っ！　——いつか星の涙のせいで、伊織がつらい目に遭うってコト、私は小学生の頃に全部聞かされてたんだからっ!!」

「は……、あ？」

なんだか、頭が痛くなってきた。

別に、星の涙の反動とは関係なく。けれどもう、ちょっと受け止めきれない。

──今、天ヶ瀬はいったい何を言った？

知っていた、とはどういう意味だ。小学生の頃に……？　意味がまったくわからない。

そもそもその頃は、まだナツとしてすら知り合う前じゃないか。いや、というか最初から知っていたとはどういう意味だ。僕の失敗が、予言されていたとでも言うつもりか？

誰に？

誰からそんな、ふざけた話を聞かされることがあるって言うんだ。

「ねえ……お願いだよ」

けれど、僕の混乱をよそに、天ヶ瀬は僕に縋《すが》っていた。

それはほとんど、懇願にも似た音を孕《はら》んで。

「もう、こんなのやめようよ……。別に私のことなんてどうだっていい。伊織はこの前も星の涙と関わってたんでしょ？　だから、あんなふうに流れ星が空に昇ったんでしょ？」

そういえば。

天ヶ瀬は、それを見たから星の涙を使ったのか。

灯火を僕から離そうとしていたのも、あいつが星の涙の関係者だったから。

「もう、伊織のあんな顔は見たくない……。わかってる。こんなの全部、私のためだって

わかってる！　だけど私は、自分が助けてもらったのに、知らない振りして生きるような

恥知らずにはなりたくないっ！　もう、あんな顔で、伊織《いおり》が怒ってるとこ。見たくないんだよ……！　だってあんなの、私には……、泣いてるようにしか見えなかったっ!!」

「……天ヶ瀬《あまがせ》……」

僕の胸に顔を埋《うず》める天ヶ瀬を、迷いながらもそっと抱き寄せた。

それをする資格が、自分にあるのかはわからない。

けれど、仮にないのだとしても、僕が責められるだけなら構わないだろう。

「……お前は、すげえな」

「え……？」

不思議そうに顔を上げる天ヶ瀬に、僕はふっと力を抜いて。

「正直、感服したよ。自分じゃない誰かのために、ここまでのことができるなんて」

——果たして逆の立場になったとき、僕に同じことができるだろうか。

何があろうと、僕は星の涙にはもう絶対に頼らない。それだけは間違いない。けれど、星の涙の使用を別にして、これほどの決意を持つことができるものだろうか？

ほんのわずかに、ただひと夏の間、会っていただけの遠い友人に。

「ち、違う。そんなんじゃなくて……っ」

「お互い様だ。僕だって、お前にそこまでのことをされるほど何かをしたとは思えない」

「……っ」

「だから、礼は言っておくよ。ありがとうな？　僕のために――ここまでしてくれて」

「っ、――ふ、ぅ……」

涙を堪《こら》えるように、すん、と天ヶ瀬は鼻を鳴らした。

それでも。

それでも僕は、天ヶ瀬の好意に甘えることは絶対にできない。

「だけど、ダメだ。それでもこれはダメだ、天ヶ瀬」

「っ――なん、で……っ！」

「決まってるだろ。だってお前、言っただろ。自分のことはいいから、って」

理由は、もはやその一点だった。

僕の主義主張がどうこうの話ではない。これは星の涙だ。

何かの願いを叶《かな》えるとき、

――そこには、必ずなんらかの代償が発生している。

「いや、いいわけないだろ」

そっと、僕は天ヶ瀬の手から離れ、立ち上がって振り返る。

座ったままの天ヶ瀬は、いつもの勝ち気な表情も崩れて唇を引き結んでいて。

「天ヶ瀬。お前は、その願いを叶えるために代償を支払っている。それがなんなのかも、僕は考えてきたつもりでいる。悪いが、ここにのこのこ来た時点でお前の負けなんだ」

先に帰って、僕に時間を与えたのが敗因だ。

たとえどんな理由があろうとも、天ヶ瀬《あまがせ》を犠牲にするなど認められるか。

「まなつ」

僕は、彼女の名前を呼んだ。

びくり、と肩を震わせたまなつに、僕は続けて。

「——お前が持ってる鞄《かばん》の中身、あの日記帳なんだろ？」

まなつは今度こそ、大きく目を見開いて。

それから、ふっと諦めたように体の力を抜いて、自分の大きな鞄を開けた。

諦めたのだろうか——それとも。

「そうだよ？　いつも持ち歩いてる。まあ、伊織《いおり》が取ってくれた初代は、とっくにページなくなっちゃったけど。似たようなの探しては、ずっと使ってるんだよね」

「いつも書いてたもんな？　それこそ、ちょっと座れる場所を見つけちゃ、いきなり書き始めるくらい頻繁に」

「ダメかな？　それくらい大事に思ってるってことなんだけど」

「——その大事に思ってることは、なら、そう簡単に捨てちゃダメだろ——まなつ」

なあ、と僕は告げ。

それから、彼女をまっすぐに見て。

「電話で呼び出したとき、最初にこころと会った公園を待ち合わせ場所に指定したよな」

「────」

まなつは、何も答えなかった。

「だがお前は待ち合わせ場所の変更を申し出た。それだけじゃない。思えば違和感は至るところにあった。顕著だったのは二日目、僕の家まで迎えに来たときのことだ」

まなつは答えない。

僕は続ける。

「お前は、今思えば初め、僕が自力で洗脳を解いたことに気がついてなかった……いや、忘れてただろ？　前の日と同じテンションで、僕と話そうとしてた」

「────」

「灯火《とうか》と話したことも忘れてたよな。お前が素の性格を、一度は僕に見せたこともたぶん記憶してなかった。探せばまだあるだろうが……言えることはひとつだ」

「────」

「お前は、あのとき──あの前日の記憶を失っていた」

天ヶ瀬まなつは。

そこで初めて僕に答えた。

「……ありえない。それが本当なら、日常生活にも支障が出るじゃん。だって、日付すらわかんなくなるってことでしょ？　ちょっと考えれば、違うってすぐにわかって――」

「正確に言えば」

まなつの誤魔化《ごまか》しは通じない。

僕は言う。

「――お前は日付が変わると、前日の間で僕といっしょにいた時間の記憶を失うんだ」

それは、どれほど恐ろしいことだろうか。

自分の記憶が抜け落ちる恐怖。

星の涙による干渉は、これまで多くの場合において、改変されているという自覚さえも対象者から奪い去っていた。だがまなつの場合は、おそらく違う。

自分の記憶が、ある一定の間だけ不自然に抜け落ちていることを自覚できてしまう。

そのどちらがつらいのかなんて、一概に言うことはできないだろうが。

少なくとも、自分の記憶が失われる恐怖を、味わわされているのはまなつだけだ。

「違う。……そんなんじゃない」

まなつは首を振って否定した。

だが僕は、これに関しては確信している。

「ならなんで呼び方を変えた？」

「え――呼び、」

「お前、最初に会った日、僕に妙なあだ名をつけただろ。でも次の日から、お前は一回も僕をあのときのあだ名で呼ばなかった。覚えてるか？　それ、今でも言えるのか」

「……っ」

「言えないんだろ？　だって、あれは初日だ。つまりまなつ――お前は、自分が僕にあだ名をつけたという情報を、自分の日記に書き込んでなかったんだ。日記は書いてたのかもしれないが、そこまで細かく情報を書いていなかった。お前が僕の前で日記を書くようになったのも二日目からだったろ。忘れないように書いていた？　違う、その逆だ。お前は僕との記憶を忘れてもいいように――それがバレないように書いていたんだ」

　多少不自然でも、僕の目の前で日記を開かなければならなかったのは、いつ忘れるのか判断できなかったせいだろう。

　僕といっしょにいる時間の記憶がなくなるのだから、僕と離れた直後には記憶が飛んでしまうかもしれない。忘れないうちに書き込みたかった。

　いや。あるいは日記にこだわらず、それこそスマホのメモ帳にでも書いておけば済む話だったはずだ、本当なら。けれどまなつが、それを選ばなかったというのなら――。

「――――………」

　ふたりで、楽しい思い出を作ろう。

　よく言えたものだ。こいつに、そんなつもりはまったくなかった。

――たとえ自分の記憶を犠牲にしてでも、僕のために思い出を作ろうとしていたのだ。

「ついでに言えば、僕はお前の家の場所は知らない。押しかけるなんて初めから無理だ」

だがまなつから見れば、自分が覚えていないうちに家の場所を教えていた可能性を否定できない。だからあんな口先だけの脅しに、乗るしかなかったのだ。

「そうだとしてもっ！」

まなつは叫ぶ。

その頑《かたく》なさときたら、まるで鋼鉄を思わせるほどで。

「だとしても……それなら、伊織《いおり》と私が関わらなければ済む話でしょ。伊織といっしょにいなければ、私の記憶はなくならない。ほら、対価なんて払ってないも同然じゃん！」

「そこまで、するのか……」

「私はやめない。絶対に返してもらう。伊織の――伊織にあるはずだった、大事な時間を、絶対に取り戻す！　それで私が伊織と会えなくなったって、私は別に、いい……っ!!」

「お前……」

「こんな、ものに……っ！」

言ってまなつは、ずっと持っていたのだろう。ポケットから石を取り出した。

星の涙だ。淡くわずかに光を発する、彼女が祈りをかけた宝石。

「こんなものに奪われた、伊織の時間を……私が取り戻してみせる。伊織に何言われても

知らない！　これは、私が決めたことなんだっ！　私は、──わたっ、し……はっ」

　立ち上がった、小さな少女が僕に見せる。

　その、消え入りそうな表情を、僕は死ぬまで忘れないだろう。

「こうでもしないと、ゆるして……もらえないよ」

「……まなつ」

「会えなくなったって……忘れ、たって。そうでもしなきゃ、伊織《いおり》を……友達だなんて、呼べないよ……。私は、それがいちばん……嫌なんだよっ!!」

　僕には、わからなかった。

　まるで僕の失敗すら自分の責任だとするほどの、彼女の強烈な罪悪感が。

　さきほど彼女は、僕に言っていた。

　──知っていたのだと。

　その意味を、まだ掴《つか》めたわけじゃない。けれど考えてもみれば、そんなふざけたことを言い放つような奴《やつ》、僕はひとりしか知らなかった。

　あの人を食ったような、皮肉と諧謔《かいぎゃく》で構成された、宇宙人みたいな着流し男。

　けれど──今はあいつのコトなんか、もうどうだっていい。

　仮に、本当に「将来、冬月《ふゆつき》伊織は星の涙を使って失敗するぞ」と、まなつが聞かされていたのだとしても。そんな昔のこと、覚えていろというほうが難しい。

そんなことはまなつの罪でもなんでもない。

天ヶ瀬《あまがせ》まなつが星の涙に託した願い。

それは、冬月伊織が失った青春を取り戻せるようにしてほしい――というもので。

そして彼女がそのために支払う代償が、冬月伊織と過ごしている時間の記憶だとするのなら――なるほど。僕はまた、星の涙という奇跡の悪辣さを、目の当たりにしている。

「……それだけじゃ、ないんだろ？」

僕は問う。

そのことに、まさかまなつは気づいていないとでも言うのだろうか。

いや、きっとそんなはずはない。

ただ見ない振りをしているだけなのだろう。

「お前が僕と会いさえしなければいい。……それで本当に済むのか？　いやあり得ない。絶対にそうじゃない。断言できる。――星の涙は、そんな甘い代償を要求しない」

「い、おり……」

「僕が気づいたのもそれが理由だからな。実際、お前は上手《うま》かったよ。あの日以降、僕はほとんどお前の違和感に気づかなかったんだから。よっぽど細かく書いてたんだろうな。実際、お前は演技派だよ、まなつ」

そう。まなつは、本当に隠すのが上手かった。

まなつが記憶を失っていることに、僕が最初に気づいたきっかけ。

あの発言がなければ、僕は本当にまなつの演技を見抜けなかったかもしれない。

けれど。

決まっている。星の涙が、回避策がある程度の代償で満足などするものか。

これは、僕でなければわからない事実があった。

「お前、言ったよな。僕にその日記帳を取ってもらったって」

「――え……」

「覚えてるよ。だからこそ僕だけが気づけたことだ。クレーンゲームをやったんだよな。そのことを、お前は日記に書いたのか？　どうなんだろうな。でも、少なくともあんまり正確には書いてなかったらしい」

「何、言って……」

「違うんだよ、まなつ。あれは、僕がお前に取ってやったんじゃないんだ。お前が自分で取ったんだよ――僕は普通に失敗したんだ。そのあと、お前が成功させたんだぜ」

「――――っ!?」

こんなダサい失敗からまなつの嘘《うそ》に気づけるのだから、恥も掻《か》き捨てておくものだ。

「だから初めて気づいたんだ。そのことも忘れかけてるってことは、つまりお前――僕と過ごした昔の記憶まで、徐々に消え始めてるってことだろ？」

このまま進んで、まなつが本当に僕との思い出を全て失ったとしたら。

彼女は、誰なのかすら思い出せない、記憶のない相手のために全てを投げ出したことになる。そんなもの——そうなったとき本当に、彼女は耐えられるのだろうか。

仮に耐えられるのだとしても。

そんな状況を、僕が見過ごせるはずがなかった。

「——……あははっ」

と。まなつは、乾いた表情で笑った。

「まさか本当に、全部見抜かれちゃうとは思わなかったなあ……さすが伊織《いおり》、って言えばいいのかな？」

「そんな安い皮肉を貰《もら》っても困るが。……それでも、やめる気はないのか？」

「なんで。別にただ見抜かれたってだけじゃん。私にとってはわかりきってたことだよ」

かもしれない。

——では、僕はどうすればいい？

まなつの覚悟は固まっている。だが僕に求められる役割は、その覚悟を崩すことだ。

ならば僕には、いったい何ができるだろう。

僕が言うべき言葉とは、果たしてなんなのだろう。

「まなつ」

そんなことは当然に決まっていた。

彼女は答えない。ただ薄い笑みを浮かべて僕に相対している。

そんなまなつに向けて、僕は。

「――これ以上、星の涙を使うのをやめてくれ。頼む」

ただ頭を下げて、まっすぐに頼み込んだ。

地面を見る。そんな僕の頭に、冷笑するかのようなまなつの声が落ちた。

「泣き落とし？　まさかとは思うけど、それで私が譲歩するとでも思ってるわけ？」

「してくれればいいな、とは思ってる」

「……、あのさあ」

「少なくとも、僕がそう思ってるってことは言っておくべきだろ。いいか、お前は自分のことなんてどうでもいいと思ってるらしいが、お前がいなくなった後の僕のことも考えてみろ！」

「は――？」

呆然《ぼうぜん》とするまなつに、ひと言。

僕は言った。

「――寂しいだろうが！」

ぽかんと、想像を遥《はる》かに超えた間抜けを見る目で、まなつは僕を見ていた。

でも、それくらいのことは考えてほしい。

「最初に言ってたろ、友達が欲しいんだって。僕はお前のなんだ。友達じゃないのか？　お前から友達になりに来ておいて、勝手に消えるなんて、お前……僕が泣くぞ？」

「な、……泣くって、伊織《いおり》が……？」

「そりゃ人前ではともかく。僕も氷点下だなんだ言ったって、単にそう振る舞ってるってだけの話だ。実際には傷つきもするし、友達がいなくなれば悲しくも思う」

絶句するまなつ。

まあ、それはそうだろう。僕だって滅茶苦茶《めちゃくちゃ》を言っている自信はある。

いったいどの口でって話だった。自分を棚上げにしているにも程があるだろう。

「言いたいことはわかる！　今まで気づきもしなかったくせに、今さら何が友達だ――とお前は言うだろう。隠されていたとはいえ、僕も確かに思い出すのが遅かった」

「い、いや……私は、別に」

わかっている。

まなつが、そんなことを僕に言うわけがない。

だが僕は反論を封じるためだけに、まなつの意見を勝手に決めつけて。

「だから、これから証明しようと思う。僕がお前のことを知らない、だから友達じゃないと言われないために。これからお前のことを知っていこうと思っているわけだ」

「ちょ、ま、待って……さっきから何言ってんの伊織《いおり》は!?」

もちろん僕は、天ヶ瀬《あまがせ》のことを知っていく気概があるという話をしている。

そのための秘密兵器なら、すでに用意しているのだから。

僕は持ってきた鞄《かばん》から中身を取り出す。細かいことは与那城《よなしろ》に聞いて、そのあと書店に寄って見つけられるだけ買い漁《あさ》ってきたのである。

取り出したのは、数冊の雑誌。

気づいたまなつは目を真ん丸に見開いて、

「そ、れ……は！」

「もちろん、――お前の写真が載ってる雑誌のバックナンバー」

「ばあああああああああああっ、かじゃないのおおおおおお――っ!?」

顔を真っ赤にしたまなつは、勢いよくこちらに駆け寄ってきた。

僕の手から、自分が載っている雑誌を奪い取ろうとする。だが身長は、生憎《あいにく》とこちらのほうがちょっとだけ高い。雑誌を持った手を高く上げて、戦利品をまなつから守る。

「な、何してんの、やめて!?　てか見ないでっ!!」

「……正直、予想外の反応だな。まさかそこまで恥ずかしがるとは思わなかっ、」

「いいい、いいからっ！　伊織が見るなんて想定してないっ!!　ちょ、ホント返して!?」

「いや、返しても何も、これは間違いなく僕が買った本だ。つまり普通に僕のものだ」

「そっ……それはそうだけどっ！　だっ、でもダメ！　なんか恥ずかしい無理っ!!」

「……。えーと、どのページに――」

「見るんじゃねえっつってんだ、おらぁ――っ!!」

「――ごふっ!?」

キレのあるボディブローをまなつから貰《もら》い、僕はかなりマジで呻《うめ》きながらくずおれた。

腹に、いいのが入った……っ！

「お、ま……そこまで本気で、人を、殴るか……？」

「うっさいばか死ねサイアクあり得ないっ！」

「そこまで僕に見られたくないなら、なんでモデルやってること教えたんだよ……」

作戦とかではなく、本当に素の突っ込みが殴られた僕から漏れ出ていた。

だがまなつは一切構うことなく、崩れ落ちた僕の手から雑誌を奪い取ると、機敏すぎる動きで距離を取り、まるで警戒する野生動物みたいに僕を睨《にら》んでいた。

「……そういうことは怪しまれないよう、先に言っとこうと思ったの……。あとで言った言ってないになるの面倒だから、知られそうなことは、先に言っとくほうが楽でしょ」

「……、」

なるほど。——考えている。

だが、自分がモデルであると僕に教えたこと自体は日記の記述でわかっても、具体的な記憶は失われている。文面で残しておける情報の量には限界があるだろう。

「まさか読むとは思わなかったし。言ったときは見られてもいいと思ったのかもしれないけど……！　なんか、改めて見られるのは嫌！」

「……どう思ってたのかは、もうわからないわけか。いや——」

しかし、こいつはたった一日で記憶の喪失に対応し、対策まで練ったというのだ。

まなつが星の涙を発動したのは、僕と灯火《とうか》が空へ返した《逆さ流れ星》を見たあとだ。

翌朝の僕はすでに、まなつを自分の彼女だと思い込んでおり、そこでまなつと出会っていっしょに病院まで行った。まなつは家に帰り、おそらくは翌朝になって初めて、自分の記憶が欠落していることに気づいたはずだ。

——天ヶ瀬《あまがせ》まなつが二番目に大切にしているものが。

僕と、ただ会って話して遊んだだけの——たったそれだけの些細《ささい》な記憶が。

星に奪われてしまったのだと。

気づいて、それでも当たり前の明るさで、僕の家までやって来た。いっそ悲痛なまでのまなつの覚悟に、改めて僕は敬服すら覚えてしまう。

「まあ、でもまだあるんだけどな、実は」

そう言って僕は、足元に落とした鞄《かばん》を片手で拾い上げた。

この中にはまだまだ、まなつが出ている雑誌のストックが残っているのだ。

それ以外にも、ネット記事のプリントアウトなんかも僕は準備してあった。

「な、なんでそこまで……っ!?」

顔を真っ赤にして、まなつは歯噛《はが》みするように僕を睨《にら》む。

「いや、モデルなんだろ？　見られてもいいから載ってるんじゃないのか」

「それはそうだけどっ、いやでも伊織《いおり》は例外っていうか！」

「なんだそれ。──まあいいけど。とにかく、僕は確かにお前のこと、あんまり知らないと思ったんだよ。だから、手近なところから知っていこうと思ったんだ」

それをわかりやすく形で見せられるのが、単に雑誌だっただけで。

僕は言う。

「天ヶ瀬まなつ。高校一年生。小学六年生の頃から雑誌のモデルの仕事を始めている」

「伊織……？」

「性格は明るく天真爛漫《てんしんらんまん》で、誰にでも人懐っこいと評判。雑誌では《守ってあげたい系の正統派美少女》なんて言われてたみたいだな。実際、男子からも彼氏にしたい女子と高い人気がある。昔はともかく、今は同性の友達も多いみたいじゃないか。人気者だな？」

「ねえ、ちょっと、恥ずかしいんだけど……？」

「僕とは正直、正反対だよな。でも——」

冬月伊織《ふゆつきいおり》が知っている、彼女のこと。

僕が持っている、彼女についての全て。

「——でも実際のお前は割と、腹黒い演技派に見える。言葉遣いは荒いし、先輩に対してあまり敬意を感じない。まあ僕が尊敬されるべきかについてはひとまず措《お》くが、にしてもときどき口が悪いし、ああ、それに結構、ツッコミタイプだ。苦労人なのかもな？」

「……ねえ、それ悪口？」

「だけど僕は、それでもお前が、誰より優しい奴《やつ》だってことを知ってるよ」

そう告げた僕の目の前で、まなつの目が大きく見開かれる。

だがいくら僕だって、ここまでされて、それに気がつけないほど間抜けじゃない。

「ありがとな。改めて礼を言わせてほしい。僕のためにここまでのことをやってくれて、それで何も感じないようじゃ氷点下どころか絶対零度だ。あるいはただの死体かな。僕はお前と、友達になれてよかったと思ってる。友達になれたら、——いいと願ってる」

「……っ、う——」

「だけど僕は、そんなことを星には願わない。僕が友達になりたいのはお前だ。まなつと久々に会って話して、それが僕には楽しかったし、昔のことも思い出せて幸せだ。それが終わってしまうなんて、僕はもう考えたくないと思ってる」

失敗ばかりだ。

いつまで経《た》っても何度やっても、僕は過ちを繰り返している。

だけど、だからこそ大事なのは、失敗を埋め直すために足掻《あが》くことではないだろうか。

過去は覆せない。奇跡にでも縋《すが》らなければ、失ったものは埋められない。

僕らの間違いは絶対に、なかったことになんてならないし——するべきではない。

けれど。

そのために足掻き続けることはできる。

「僕は、お前ともっといっしょにいたい。お前がいないと……まあ、なんだ。僕はかなり困るんだよ。僕はまなつのことを、もっと知りたいと思ってる。いきなりいなくなったりして本当に悪かった。できれば僕に、これから取り戻すための機会をくれ」

「で、も……私は、私は……っ！」

「今さら僕からお前を奪われても、元には戻れないんだよ、僕は。だから僕は諦めない。二度と何も失いたくない。お前がなんて言おうと、今度は僕から……僕のほうからお前を取り戻しに行くぞ。何度だって。たとえお前自身にでも、僕からお前を奪わせない！」

これは、きっとどうしようもないエゴだ。

僕は折れないから、お前のほうが譲歩しろ、という恫喝《どうかつ》にも近い言葉だろう。

けれど失うのだけは絶対に嫌だ。

僕はもう、今はもう——天ヶ瀬《あまがせ》まなつという少女を知っている。

「だから、頼むよ、まなつ。お前にしか頼めないことなんだ」

「う——ぁ」

「もう一度、僕と友達になってほしい。僕といっしょにいてほしい。お前のことを、僕に教えてほしいんだ——今度は、二度と忘れないように。頼む！」

頭を下げる。

みっともなく縋《すが》りつく。

星の涙を使わせたくないなんて理由じゃない。

ただ僕が、僕という人間が、天ヶ瀬まなつを必要としているから。それだけの理由で。

「お前も——僕のことを忘れないでくれ」

「っ……、るい、よ……っ！」

どさりと、物の落ちる音がした。

持っていた雑誌の束を、鞄《かばん》や日記帳を、天ヶ瀬が取り落としたのだ。

そして落としたものの上で、星の涙が淡く輝いている。

「ずるい……、ずるいよ。そんな言い方は、卑怯《ひきょう》だよ……っ!!」

「……そうだな。僕は卑劣だよ。真っ正直なお前とは比べものにならないくらい」

僕の言葉に、まなつは強く首を振る。

「違う、違う……っ！　ほんとは、ほんとにずるいのは私なんだ……っ。わたっ、私も、私だって伊織《いおり》のこと、忘れたくないのに……っ!!　なのに全部、伊織を理由にして、押しつけようとした……私はただ、伊織に笑ってほしくて、それだけだったのに……っ!!」

「……難しいな」

僕は言う。

なにせ表情筋が凝り固まって、笑顔を作るのがとても下手になっている。

「こ、……こんな感じか？」

なんとか笑顔を作って、僕はまなつに向けてみた。

こちらを見る少女はぽかんと口を開けて、それから耐えられないとばかりに。

「何……それ、ばかみたいっ」

「いや、手厳しいな。そりゃモデルのお前は上手《うま》いだろうけど……」

「ううん、そんなことない。今は……、上手には、笑えないよ。私も」

確かにまなつは笑顔の上に、わずかに涙を流している。

けれど、いろいろな感情がないまぜになったその表情は、これまで見たどの写真よりも魅力的であるよう僕には見えた。

「……私、ばかだね」

まなつは言った。

僕は、彼女に少し近づく。

「ぜんぜん上手にできなかったよ。もっと、上手《うま》くできるはずだったのに。それでいいと思ってたのに。……私、本当はもっと、ずっと伊織《いおり》といっしょにいたかった。別れたきり会えなくて、それがさみしくて……そういうのが、たぶん願いにも出てたんだと思う」

──僕の時間が星の涙に奪われていたと、まなつは思っていた。

けれどそれは、きっとまなつにとっても同じだった。

僕がまなつとともに過ごせたはずの、あり得たかもしれない楽しい時間。それは彼女にとって、奪い取られてしまったに等しいもので。だから、本当は取り戻したかった。

「ほかにも方法、あったはずなのに。最初に選んだのが彼女になるって……冷静になると私、ほんと恥ずかしいね」

「かもな。僕も大概、他人のこと言えた義理ないけど」

「……本当は、ずっと怖かった」

ぽつぽつとまなつは語る。

ずっと隠していた内心を吐露するように。

「拒絶されたらどうしよう。思い出してくれなかったらどうしよう。そんなことばっかり考えてた。それでも、伊織に恩返しするためだからってがんばったけど、今度は、伊織のことだんだん、思い出せなくなってきて……そしたら、次は忘れるのが怖くって……っ」

再び、まなつの目尻が潤んでいく。

だから僕はせめて、それを見ないでいてあげられるように。

まなつのすぐ前に立って、彼女の顔を視界から外す。

とん、と。

胸にぶつかるものがあって。

「朝、起きたら、昨日のこと思い出せなくて。気づいたら、私、廊下にいてさ。病院の。知らない人の病室の前にいて、それから外に出て……誰かのことを待ってて。その誰かが来たと思ったらまた、何も思い出せなくて――気づいたら、次はひとりで、家、帰って」

「……うん」

「そっか。私、伊織といっしょにいるときのこと、覚えられなくなっちゃったんだ、って気がついて。でも、それでも始めたこと、やめるわけにはいかないから……。私、本当にがんばったんだよ？　でもね、でも――そしたら今度は、昔の、ことが、……ひっ」

しゃくり上げるような声音も。

胸に感じる、わずかな水滴の温度も。

「大事なのにっ、わかん、なく……なってっ！　どうしようって。いつか、伊織のことが全部わかんなくなっちゃうかもって、思って……！　こわかった……、こわかったっ！」

僕は全てを覚えていようと、そう決意した。

自分の腕を、そっと、小さく震える少女の背中に回す。

「できない。やっぱりできないよ！　私、伊織《いおり》のこと……忘れたく、ないよぉ……！」

「バカ。忘れられて堪《たま》るかよ」

「ごめんね、ごめんね伊織っ！　私、やっぱり、弱かったから……！　ひとりは、もう、嫌だから……っ!!」

「うん。……うん。いいんだ。もう、いいんだよ。僕こそ悪かった。……ありがとう」

この少女に。

彼女という大切な友人に、僕が報いるためには何をすればいいのだろう。

全てを背負って当然のことを僕はしたのだ。

その後悔は変わらない。だけど、それでも失っていないものがあることも、きっと事実ではあるのだろう。そのことを、まなつが僕に教えてくれた。思い出させてくれた。

ぱっと、そのときまなつが僕から離れた。

顔を強引に手で拭って、泣き笑いのような表情を浮かべながら。

「ああもう、最悪っ！　顔、ぐちゃぐちゃじゃん、私。人に見せられる顔じゃないよ！　ねえ伊織、ちゃんと責任、取ってくれるんだよね？」

「当たり前だろ」僕は答えた。「これから先、いくらだって取ってやる」

「言ったね？　――じゃあ約束だから。私とちゃんと約束して。それが条件！」

涙を拭ったまなつはもう、いつもの不敵な表情を取り戻している。

強い奴《やつ》だ、本当に。いつまでも泣いて、立ち止まっていることを自分に許さない。

「何を約束すればいい？」

「――私と初めて会ったときのこと、いつかちゃんと、思い出して」

そんなことを言うまなつに、僕は目を見開き。

「……あの、ゲーセンで会ったのが初めてじゃない、ってことだよな……いや」

「言ったでしょ。そもそも小学校は同じだったんだしさ。それ課題ね。――で、もひとつ」

「複数あるの……？」

「決まってるでしょ。むしろこっちが大事。いい、伊織はね、――ずっと私といっしょにいて、私のことを楽しませ続けんの！」

「……そりゃ大変そうだ」

「当たり前でしょ？　私は伊織のお願い、聞いたんだから。その分、星の涙が叶《かな》えるよりずっとたくさんのもの、私は伊織に貰《もら》わなくちゃ！」

僕は笑う。そんな大役が、果たして自分に務まるものやら。

それでも責任を取ると言った以上は、それは、僕がやらなければいけないことだ。

「わかった。任せろ。できる限りやってやる」

「ん……よかった。じゃあ、これで契約成立だから！」

——その瞬間だった。

すぐ足下で、落ちていた星の涙がその光を急激に強めたのだ。

僕は驚き、まなつも気づいて慌てたように背後へ振り返る。

「え、な——何コレ？」

「わからん。おい、危ないから下がってろ。……危ないのかコレ？」

「えっ、いや知らないけど！」

そんな会話をする僕らの目の前で、星の涙はその輝きを急速に弱めていき。

それがゼロになると同時、パキン！　と大きく、乾いた音が響いた。

慌てて僕は、もう光を発さない星の涙を、手で拾い上げる。

まなつは背後から僕の手を覗《のぞ》き込み、驚くように言った。

「え。……こ、壊れたの……？」

拾い上げた星の涙は、中心部からの亀裂でほとんど真っ二つになっていた。

「……わからん」

と、僕は答えるよりほかにない。

そのまま見ていると、星の涙の亀裂は自然に広がり、やがて爆発するみたいに。

パキン！

と、粉々に砕け散って、そのまま砂になると風に流されていった。

明らかに普通の壊れ方ではなかったのだが、その意味は僕にはわからない。少なくとも灯火《とうか》のときとは、まったく違った結果になっている。

「……ね、伊織《いおり》」

隣にしゃがみ込んだまなつが、ふと僕に呼びかけた。

そちらを向いて応じると、まなつは悪戯《いたずら》っぽい笑顔を向けて。

「やっぱりこの日記帳、伊織が取ってくれたやつじゃん？」

「――お、思い出せたのか？」

「うん。昔の記憶は、なんとかね。……ここ数日のなくなった記憶は、やっぱり、返ってこないみたいだけど」

「そうか。……そうか」

思わず顔を伏《ふ》せる。

とはいえ、それを明るく教えてくれたまなつに、暗い顔ばかり見せてられない。

僕は彼女に向き直ると、それから、ふと思い出して。

「――いや待て、本当か？　あれは本当にまなつが取ったやつだぞ。ブラフで言ったのはお前の家に行くってヤツだけだ。おい、まだ演技してるとか言うんじゃ――」

「操作したのは私だけど、やり方を教えてくれたのは伊織でしょ。私まだぜんぜん慣れてなかったんだから、ひとりじゃ取れなかった。あれは、私的にはプレゼント判定」

「……そういうことか」

記憶を失ったあと、取り戻そうと昔の日記を読み返して。

けれどまなつにとっては、あくまであれは、僕が贈ったものだったわけだ。

思わず頭を掻《か》く。あんな無駄にデカくて、使いづらい日記帳が。もしや僕は昔から贈り物のセンスがないのだろうか。

悩む僕に、まなつが笑いながら。

「そういえば、お返しをしてなかったなって思って」

「……お返し？」

「うん。——私からも、ちゃんとあげられるものはあげとかないと」

言って、直後。

急速に近づいてきたまなつの顔が、僕との距離をゼロにして——、

「……っ!?」

「ぷ、は……へへっ。うーん、勢いでしちゃったなあ！」

唇を濡らした温もりが、染み入るように僕の中へと入ってくる。

けれど、その温度もすぐに、まるで幻のように消え去って——。

「お……ま、」

「うるさい口答えなし！　——私の初めて、預けとくからね」

そのまま絶句する僕に、天ヶ瀬《あまがせ》まなつは笑みを見せる。

それは悪戯《いたずら》っぽい仔猫《こねこ》のような、それを被《かぶ》った悪魔のような——あるいは天使のような魅力的な表情で。

「いつか、きちんと、取りに行くから。覚悟しといてよ、伊織《いおり》っ！」

僕は、返事をすることもできないのだった。

エピローグ

明くる七月六日、土曜日。

学校は午前授業で、明日は休日――しかも七夕。

そんな日の放課後に、僕は三人連れで流宮《ながれみや》の駅の近くを歩いていた。

「なぜ……？　何かがおかしい気がする。そうは思いませんか、伊織くんせんぱい？」

ひとり目は灯火《とうか》。

なぜかしきりに首を傾《かし》げており、挙動が不審だ。

「何がだ？　ただ歩いてるだけだろ……何が気になる？」

「え。それは空気というか状況というか。あの、どうしてこうなったんです？」

その問いに答えたのは僕ではなく。

「えー、いいじゃん。友達でしょ？　三人で遊ぶのも悪くないってー」

ふたり目の連れである、まなつ。

昨日までとは雰囲気を変えている彼女に、灯火はじとっとした視線を向け。

「……なぜ天ヶ瀬さん――まなつちゃんがいるのですか」

「あ、ひっどー。ひどくない？　灯火ちゃんは私のこと嫌いなの？」

「えっ!? あ、いえいえいえ、そういうわけではなく――」

「――じゃあいいよね。よーし、解決解決っ」

「あれえっ!?」

土台、灯火《とうか》ではまなつに太刀打ちできないのだろう。

いいように扱われていたが、これでまなつは、灯火を結構気に入っているらしい。

「ほらほら、伊織《いおり》。私に知り合い、紹介してくれるんでしょ? 早く行こっ!」

「なんかまなつちゃん、伊織くんせんぱいに馴《な》れ馴《な》れしくないですか!? 曲がりなりにもせんぱいに対して、その態度は失礼というものですよ!」

「……私はいいのー」

「むっ……何? 何これ。何この空気。信じて送り出したせんぱいが……むむむ」

「てゆか、灯火ちゃんも大概じゃない?」

「わたしはいいんですよ」

「むっ……」

女三人寄ればなんとやら、みたいな言葉があった気がするが。

灯火とまなつならふたりだけでもハイパワーだ。コスパに優れていて悪くない。

仲よきことは美しきかな――だ。

「で、せんぱい。今日は何用なのですか?」

小織《こおり》に会いに行く、と告げたところ、このふたりが同行を申し出て今に至っている。

せっかくだからそのあとは、三人で遊ぼうという話だった。僕は言う。

「ああ。あいつに、ハワイのペア券あげようかと思ってな。まだ実物はないけど、訊《き》いておくなら早めのがいいだろ。予定とかあるだろうし」

「ハイ聞き捨てなりませ――んっ!!」

僕の言葉に目くじらを立てたのは灯火だ。

いや、それはまなつも同じらしく。

「ホントなんだけど、どういうことっ!?　つかやーっぱ会いに行くの女かっ!!」

「伊織くんせんぱいともあろう者が女子を旅行に誘うとな!?」

「ねえそれ私を誘ってたよね最初！　行くなら私が行きたいんだけど！」

「わたしも行きたいんですけど、ハワイっ！」

「ええ……じゃあもう、お前らふたりで行ってきたら？　別にそれでもいいけど」

「――そういうこと言ってないっ!!」

なんて台詞《せりふ》を、両隣からステレオで言われるのだから大変だった。

僕は小さく首を振って、歩みは止めないままに言う。

「勘違いしてそうだから言っとくけど、別に小織を誘いに行くとは言ってねえよ。小織に渡しに行くって話だ。もともと、抽選券はあいつから貰《もら》ったもんだからな」

どうせ、僕が持っていたところで使わないのだし。

小織《こおり》にはいろいろ世話になっているから、ちょっとしたお礼代わりに聞きに行くだけ。

「あいつがいらないいって言ったら、普通に親に渡すよ」

「……そういうことですか」

「えー、なんか面白くなーい。せっかくだし自分で使えばいいじゃん」

口々に言う灯火《とうか》とまなつ。とはいえ、だ。

「……それはなあ」

ハワイ旅行に誘う相手がいない、というのは普通に事実だが同時に建前で。

正直、――星の涙という反則が関わっていそうで使いづらいのだ。

星の涙は、物理的な干渉はできないはずだけれど。

たとえば転がり出てきた玉の色を、本来とは違う色に誤認させることならできそうだ。

もしまなつの星の涙の効果で当たったものなら、それを使うのは心苦しかった。今さらという気もするし、確証もない――もしかしたら本当に自力で当てた可能性も、ゼロではないのだから――けれど、なんとなく抵抗感があるのは否めなかった。

だからって返品もできないし、人に渡すというのが落としどころだと思ったわけだ。

そんなこんなで、まずは小織に確認しようと思ったのだ。

「――お。今日はまた両手に花だね。最近の伊織《いおり》先輩はご健勝で何よりだよ」

近づいてきた僕を見て、くつくつと悪戯《いたずら》っぽく小織は笑う。

その顔を見て、初対面だろうまなつが驚いたように。

「またぬっちゃかわいい子だし。なんで伊織の周りは灯火とか玲夏《れいか》先輩とか……」

お前も相当な美少女だと思うのだが。

それは言わずに、僕は軽く片手を上げて挨拶した。

「よう。──お前ホント、最近はいつ来てもここにいるよなあ。学校行ってんのか？」

「乙女の秘密を気軽に暴こうとするものじゃない。その覚悟が伊織先輩にあると？」

口では敵《かな》わないタイプの相手だ。

早々に敗北を認めて、僕は肩を竦《すく》める。

小織はそんな僕から視線を切って、灯火のほうに顔を向ける。

「灯火ちゃんもいらっしゃい。こないだのチョーカー、気に入ってくれてるみたいだね」

「おはようございます、小織さんっ！　はい、それはもう、伊織くんせんぱいに貰《もら》った、大事なプレゼントですからっ!!」

「それはよかった。私も嬉《うれ》しいよ。灯火ちゃんはいいね、見てて癒《いや》される。こっちに来て頭を撫《な》でてもいいかな？」

「頭ですか？　むむむ、安くはありませんが、小織さんなら特別ですよっ！」

「お、本当に？　言ってみるものだね、嬉しいな」

広げられたシートの奥側に向かい、灯火《とうか》は小織《こおり》の腕の中に納まる。

「うーん、灯火ちゃんは本当にかわいいなあ」

「わ、わふぅ……小織さんも、なかなかテクニシャン……あっ、あああっ、ふゆゆっ⁉　らめっ、しょこはっ……ひゃややややっ⁉　溶けるぅ」

――小織に撫《な》でられてビクンビクンしてる灯火がヤバい。

なんか、見てはいけないものを見ている気分だ。僕はそっと視線を逸《そ》らす――と。

「……こおり……？」

何やら不思議そうな顔で、まなつが目を細めていることに気がついた。

「まなつ。一応、紹介するけど」

「あ、――うん」

そんなまなつに僕は言って、改めて小織を手のひらで示して。

「名前は生原《はいばら》小織。まあなんというか、……なんだろうな。友達だ」

「ちょっと含みを感じるよ、伊織《いおり》先輩？　――と、初めてのお客さんだね。いらっしゃいませ、名前を伺っても？」

「え――あ、はい。天ヶ瀬《あまがせ》まなつ……だけど。あのっ！」

と、まなつは言って。

なぜか不審そうに目を細めながら、僕らにこんなことを訊《き》いた。

「えっと、あの……どういう字を書くんですか？」

小織は静かに言葉を止めた。

撫でる手も止まって、灯火が不思議そうに視線を彷徨《さまよ》わせている。

「……ええと。生きるに原っぱ、小さいに糸へんの織で、生原小織……だよな？」

そう言ってから、はた――と僕は考えた。

……どうして僕は、小織の名前の漢字表記を知っているんだ？

少なくとも小織から教わったことはない気がする。同じ学校に通っているわけでもないから、名簿などで目にする機会もない。音からはわかりにくい文字のはずだが……。

「――それって」

まなつが顔を上げる。

その視線は小織を見て、それから僕に移って。

何かを言葉にしようとしながら、同時にそれを躊躇《ためら》っているような。

「どうした、まなつ？」

何か嫌なものを察しながら、僕はまなつに訊《たず》ねる。

訊ねてしまった、とあるいは言うべきか。まなつは眦《まなじり》を下げて僕を見ながら。

「私、覚えてる」

「……何を？」

「あのとき。伊織《いおり》といっしょに病院に行ったときのこと。途中のことは覚えてないけど、伊織が病室に入ったあとの記憶はある。いっしょにいたわけじゃないから」

「――――」

本能は理解を拒んでいたが、脳はしっかりと理屈を得ていた。

水曜日。見舞いの日、僕はまなつと別れてひとりで病室に入った。

あの瞬間で《いっしょにいる》という判定ではなくなり、次に僕と会うまで――つまり見舞いを終え、外で僕と合流するまでの記憶は、消去される対象ではなくなる。

「あのとき、見たの。読みにくい名前だったからまだ覚えてる。あそこで入院してるっていう、伊織の昔の友達の名前……教えてあげられるかなって思って、覚えたんだよ」

僕は弾《はじ》かれるように顔を上げた。露店の奥の小織《こおり》を見る。

顔は、あるいは蒼褪《あおざ》めているのだろうか。自分ではわからない。

――ナツという友人が、天ヶ瀬《あまがせ》まなつだとわからなかったのとは意味が違う。

本当の意味で、僕の記憶からは完全に消去されてしまった、その顔も名前もわからないかつての友人。きっと僕にとって、覚えていないけれど大事だったはずの、誰か――。

「病室の前のネームプレート。――確かに、生原小織って書いてあった」

だとすれば。
だとすればいったい——この状況はいったいなんだ？
何が本当なのか。
何が嘘《うそ》なのか。
僕が本当に失ったものとは果たしてなんなのか。
病室で眠り続ける、友人だったはずの誰か。
その名前が生原《はいばら》小織ならば、では。
今、僕の目の前にいる、
これまで僕といっしょにいた、
露店に佇《たたず》み、いつも落ち着いた笑みを浮かべていた友人は——いったい誰だ？

「そっか」

と、小織は言った。
小織——少なくとも僕に生原小織であると名乗ったはずの、友人であるはずの少女は。
僕と視線を合わせたまま、まるで、困ったねと苦笑するみたいな表情で。

「バレちゃった、かあ」

と、名残を惜しむような声音で呟《つぶや》いた。

あとがく

ラブコメっていうのは云々《うんぬん》——みたいな書き出しから一巻のあとがきをあとがいた気が確かするんですけど、ここで巻を跨《また》いで言い訳させていただくとすれば、あれは単に僕というひとりの人間、ひとりの作家が思うラブコメの話であり、それを広く定義として言い張ろうという気持ちはさらさらないわけです。あくまで個人の主観であって、殊更それを自分以外に適用しようとは露ほども思っていないわけです。——まあ嘘《うそ》なんですが。

何が嘘って、別に一巻のときもそんな話、まったくしていませんでしたからね。前巻のあとがきの内容なんて覚えていらっしゃらないかと存じますが、覚えていらっしゃらない程度のことしか書いてないので、ていうか嘘しか言っておりませんので、特に思い出していただく必要もございません。なんなら自分でも、大嘘を書いたことしか覚えてません。

そんな感じで、さももっともらしく言い張っていることでも、それが本当に本心なのかと確認すれば案外違ったりします。時には自分の考えとはまったく違うことだからこそ、逆にそれっぽく語れてしまう、なんてこともあるでしょう。

まあ要は喉から零《こぼ》れてくる程度の言葉なんて、たとえ吐き出した本人がそうだと主張をしていても、必ずしも本心だとは限らない——言葉は、心を保証しない。みたいな。

というわけで、虚無です（挨拶）。ご無沙汰しておりました、涼暮皐《すずくれこう》です。

慣れた読者さんなら《というわけで》まで読み飛ばしたかもしれませんね。正解です。

こうして無事に『今はまだ「幼馴染の妹」ですけど。2　先輩、ふたりで楽しい思い出つくりましょう！』をお届けできること、嬉《うれ》しく思います、ってかサブタイ長《なげ》ぇなオイ。

長いので『おさいも2』で以下は通しますが、今巻では主に、天ヶ瀬《あまがせ》まなつに関してのお話が展開されます。あ、この先はネタバレがあるので読了後にお読みくださいね。

さて。おさいも2をご読了いただいた皆様にはおわかりでしょうが、これはあくまでもまなつに関するお話であって、まなつのお話ではありません。あくまで全ては冬月伊織《ふゆつきいおり》の物語であり、ご存知の通り、伊織は伊織が知っている以上のことを——まなつや、ほかの誰かしか知らないことは知りませんし知り得ません。知っていることすら忘れがちです。

ただ、その辺りを補完できるのが小説であり、認識できるのが読者の皆様であって。

そういう意味で、伊織の物語を読者という観測者諸氏に認識してもらえることは、作者である私にとってこの上ない幸福です。いつもありがとうございます。

お陰様で一巻も重版しましたので、たまには作品のお話もしてみました。

みたいなところで、次は生原小織《はいばらこおり》……というらしき女の子に関する物語で再会したく。

二〇二〇年水無月《みなづき》もとい涼暮月　涼暮皐

MF文庫J

今はまだ「幼馴染の妹」ですけど。2
先輩、ふたりで楽しい思い出つくりましょう!

2020年6月25日　初版発行

著者　涼暮皐

発行者　三坂泰二

発行　株式会社 KADOKAWA
〒102-8177 東京都千代田区富士見2-13-3
0570-002-001（ナビダイヤル）

印刷　株式会社廣済堂

製本　株式会社廣済堂

Printed in Japan　ISBN 978-4-04-064595-7 C0193

【 ファンレター、作品のご感想をお待ちしています 】
〒102-0071 東京都千代田区富士見2-13-12
株式会社KADOKAWA　MF文庫J編集部気付「涼暮皐先生」係「あやみ先生」係